南天の花

神田職人えにし譚

知野みさき

時代小説文庫

角川春樹事務所

目次

第一話　昔の女

朝餉《あさげ》を済ませてまもなく、勘吉《かんきち》が呼んだ。

「おさきさん！　おきゃくさん！」

「えっ？」

明け六ツの鐘を聞いて、まだ半刻《はんとき》も経《た》っていない。

こんな朝っぱらから、一体誰《だれ》だい――？

胸中でつぶやきつつ戸口から顔を出すと、勘吉が駆けて来る。

「たいちさん！　たいちさんとおんなのひと！」

「えっ？」

再び驚き声を上げた咲《さき》の目に、勘吉の後ろから歩いて来る弟夫婦の姿が映った。

「たいちさんと、おんなのひとがきたよ」と、戸口の前で勘吉が咲を見上げる。

太一《たいち》と桂《けい》は昨年の文月《ふづき》に、二人の新居にて祝言を挙《あ》げた。桂はまだほんの幾度かしか
この長屋に来たことがないため、五歳の勘吉が覚えていなくとも不思議はない。太一で

さえも、年に二度の藪入《やぶい》りで顔を合わせてきたくらいだから、太一を認めただけでも大したものだ。

「ありがとう、勘吉。この人はお桂さんだよ。太一のおかみさんさ」

「おけいさん……たいちさんのおかみさん……」

咲の言葉を反芻《はんすう》してから、勘吉は目を細めた。

「おかしやさん。たいちさんのおかみさんは、おかしやさん」

「おっ、よく覚えていたな」と、太一。

「えへへ、おっかさんがおしえてくれた」

「干菓子《ひがし》を持って来たからよ。おやつの時にでも、姉さんからもらってくんな」

「おやつ！　おっかさん、きょうのおやつはおひがしだって！」

歓声を上げて、勘吉は母親の路《みち》のもとへ戻って行った。

顔をほころばせて勘吉を見送ってから、咲は二人を家の中へいざなった。

「朝帰りの上に女連れかと、冷や冷やしたよ」

「んな訳ねぇだろう。人聞きが悪《わり》ぃこと言わねぇでくれ」

「でもこんなに早くから二人揃《そろ》って――一体、何事だい？」

「うん、まあその……ちょいと挨拶《あいさつ》にな」

「挨拶？　なんの挨拶さ？　今更、おはようさんってなんじゃないだろうね？」

「そう急《せ》かすなよ」

苦笑を浮かべて太一は桂を見やったが、桂は太一を小突いてたしなめた。

「判《わか》ってるって――」

顔を引き締めて、太一が改めて口を開く。

「朝っぱらからなんだが、おめでたを知らせに来たんだよ」

「おめでた？　お桂さんが？」

言われてみれば、お腹《なか》がややふっくらして見える。

「はい」と、桂が頷《うなず》いた。「朝早くからすみません。でも、お義姉《ねえ》さんには、早めにお伝えしておきたいと思いまして」

「雪《ゆき》から伝わる前に、俺《おれ》たちの口から伝えてぇと思ってよ」

「雪から？」

「うん、昨晩、雪にばれちまったんでな……」

妹の雪は睦月《むつき》に大工《だいく》の小太郎《こたろう》と夫婦になって、今は永富町《ながとみちょう》の長屋に住んでいる。下白壁町《しもしろかべちょう》に住む太一たちとは通町《とおりちょう》を挟んで五町ほど離れているが、浅草《あさくさ》で住み込みで奉公していた頃《ころ》よりはぐっと「ご近所」になった。ずっと奉公してきた旅籠《はたご》・立花《たちばな》には今も通いで勤《つと》めていて、昨晩は浅草からの帰りに太一たちの家に寄ったそうである。

「ふふふ、雪に知られちゃあ、仕方ないね」

「ああ。『お姉ちゃんは知ってるの？　どうして教えてあげないの？　なんだったら私が今から知らせに行ってもいいわ』——ってんでな。俺たちから伝えてぇと口止めしといたが、油断ならねぇから、こうして早々にお訪ねした次第《しだい》さ」

聞けば桂は雪の祝言の後まもなく、如月《きさらぎ》の頭から悪阻《つわり》が始まったそうである。

「うん？　そんなに前から悪阻があったのかい？」

今日はもう卯月《うづき》も二十日目だ。

「はい。ですが、その……」

束《つか》の間躊躇《ためら》って、桂は昨年の霜月《しもつき》に、一度流産していたことを明かした。

「そうだったのかい……」

「月のものがこなくなって二月余りの頃で、お腹が張って、悪阻らしきものが始まったので、そろそろお義姉さんにもお知らせしようと話していた矢先でした。それで、此度《こたび》は今少し様子を見てからと思って、お知らせが遅くなってしまいました」

「ちっとも遅くないよ。嬉《うれ》しいよ。ここしばらくで一番嬉しい知らせだよ」

十日余り前には、咲と錺師《かざりし》の修次《しゅうじ》が仲立ちしたといっていい、飯屋の杏輔《きょうすけ》と元遊女の春海《はるみ》の祝言があったものの、桂の懐妊への歓喜はそれを大きく上回った。

「お雪さんに知られなくても、近々お知らせしようと考えていたんです。悪阻はとうに治まっていて、もう時々お腹を蹴《け》るようになったので……それで、よかったら帯祝いにお義姉さんにも来て欲しくって――」

「よかったら、なんて……いいに決まってるじゃないの」

　安産を祈願する帯祝いは、多産かつ、お産が軽い犬にあやかって、戌《いぬ》の日に妊婦に岩《いわ》田《た》帯――神社で祈禱《きとう》したさらし布の祝い帯――を巻く祝い事だ。

「次の戌の日は月末でな。姉さんはよく、月末か月初に日本橋《にほんばし》に出かけるだろう？　五《い》十嵐《がらし》も月末は忙しいんだが、その次の戌の日は仏滅だから、友引の月末に祝いてぇんだが、姉さんの都合はどうだい？」

「いつだっていいさ。居職《いじょく》なんだから、いくらだって融通できる。私よりも、お義母《かあ》さんの都合で決めとくれ」

　桂の実方は五十嵐という菓子屋で、桂もいまだ通いで店を手伝っている。帯祝いで帯を巻く帯役は、子宝に恵まれた者が務《つと》めた方が縁起が良い。咲や太一の母親の晴《はる》は亡くなっているため、帯役は桂の母親のつみが務めることになろう。

「そんなら、月末だな。亀戸《かめいど》まで行くから、そのつもりで頼むぜ」

「どうぞ、よろしくお願いいたします」

「こちらこそ」

塗物師《ぬりものし》で居職の太一は家に帰るが、桂はその足で大伝馬町《おおでんまちょう》の五十嵐へ向かうという。

二人を木戸の外まで見送って戻ると、二軒隣りのしまが戸口で待っていた。

「弟さんたち、なんだって？」

「おめでただそうです」

「やっぱりね！　そうじゃないかと思ったんだよ。おめでとさん！」

しまが声を高くすると、福久《ふく》と路、それから大家の藤次郎《とうじろう》と足袋《たび》職人の由蔵《よしぞう》も表に出て来た。居職は咲を含めてこの六人で、出職の者は仕事に出かけた後である。

「朝からおめでたい話だねぇ」と、福久。

「ええ、おめでとう、お咲さん」

勘吉の弟の賢吉《けんきち》を抱いた路が目を細めると、勘吉も足元で母親を真似《まね》る。

「おめでとう、おさきさん」

「ありがとう、勘吉」

「お咲ちゃんも、とうとう伯母《おば》か」

「楽しみだなぁ、お咲ちゃん」

藤次郎と由蔵も口々に言って微笑《ほほえ》んだが、由蔵はこのところ身体《からだ》が優れず、今朝も顔色が今一つだ。

「由蔵さん、具合はどうですか？」

「うん？　ああ、まだちっとだるいが心配いらねぇ。言いたかねぇが、歳《とし》だよ、歳。お咲ちゃんも伯母になるんだからなぁ……お互い、歳を取ったな、お咲ちゃん」

「もう、年寄り扱いは、やめておくんなさい。私はまだ二十八、由蔵さんは……ええと、私と二十五歳違うから五十三……？」

「ああ、そうだ」と、頷いたのは藤次郎だ。「だが、還暦《かんれき》までまだ八年もあるんだ。年寄りじみた物言いはやめとくれ。あんたが年寄りなら、私もだ。私たちはまだまださ」

苦笑を浮かべる藤次郎は、由蔵より一つ年下の五十二歳だ。

「そうですよ」と、福久も茶化した。「私やうちの人を差し置いて、年寄りじみた物言いは許しませんよ」

福久は五十五歳、夫の保《たもつ》は六十二歳で、二人はこの長屋の店子《たなこ》では一番の古株である。

「参ったな。俺の話はもうやめだ。めでてぇ話に水を差したかねぇ。お咲ちゃんはこれからまた忙しくなるな。お包《くる》みやら、守り袋やら、作らねぇとな」

「それはまだ先の話ですよ。男か女かで、意匠《いしょう》も違ってきますから」

と言いつつ、咲は早くもいくつかの意匠を思い巡らせていた。

「ははは、そうか、そうか。――そういや、桝田屋《ますだや》の女将《おかみ》はそろそろじゃねぇか？」

咲が世話になっている日本橋の小間物屋・桝田屋の美弥《みや》も身ごもっていて、悪阻が治まって四箇月ほどになる。

「いえいえ、生まれるまでまだ二月はありますよ」

「二月なんてあっという間さ、年寄りにゃあ……おっと、いけねぇ」

藤次郎と福久にじろりと睨《にら》まれ、由蔵は大げさに肩をすくめて皆の笑いを誘った。


家へ戻って身支度《みじたく》すると、咲は五ツ前に長屋を出て桝田屋へ向かった。

奥の座敷で干支《えと》を意匠にした二つの守り袋を納めると、新たな守り袋の注文について訊《たず》ねる。咲はおよそ十日ごとに桝田屋を訪ねていて、先だって九日に訪れた折に、注文があったと聞いていたのだ。ただし、その時は意匠はまだ思案中とのことだった。

「意匠は初嵐《はつあらし》でお願いしたいそうよ」

「というと、椿《つばき》ですね？　白玉《しらたま》のような？」

「流石《さすが》、お咲ちゃん。よくご存じね。私は白玉はともかく、初嵐は知らなかったわ」

　どちらも白い椿だが、白玉は蕾《つぼみ》が丸く、花は抱え咲き、初嵐は蕾が尖《とが》っていて、花は筒咲きから喇叭《らっぱ》咲きになる。

「お客さまが『椿の初嵐』と仰《おっしゃ》ったから、それらしく頷いておいたけれど、白玉に似ていることは、後で志郎《しろう》さんが教えてくれたのよ。お咲ちゃんほどじゃないかもしれないけれど、志郎さんも花に詳しいのよ。私よりもずっと」

「そりゃまあ、ご馳走《ちそう》さまで」

「あら、今のは惚気《のろけ》じゃなくってよ」

「惚気に聞こえましたよ」

「そう？」と、美弥は恥ずかしそうに頬《ほお》に手をやった。

　道具屋勤めだった志郎は、小間物の他、古道具や骨董《こっとう》の目利《めき》きでもあるが、草花にも造詣《ぞうけい》が深いらしい。

　美弥の前夫の誠之助《せいのすけ》は、八年前に居酒屋で刃傷沙汰《にんじょうざた》に巻き込まれて亡くなった。匕首《あいくち》を持った男が、誠之助の隣りの縁台にいた男に襲いかかったのだ。たまたま誠之助と相席していた志郎は番人を呼びに走ったが、戻った時には誠之助はとばっちりを受けていて、ほどなくして失血死した。

　美弥は当時も身ごもっていたのだが、誠之助の死後まもなく子供は流れてしまった。

――番人を呼んで来てくれ――

誠之助に頼まれて志郎はそうしたが、誠之助の死は負《お》い目となった。もしも二人して男に立ち向かっていれば、誠之助は死なずに済んだやもしれないと悔やみつつ、志郎は桝田屋の手代となって、寡婦《かふ》となった美弥を支えた。共に働くうちに二人は想《おも》い合うようになったものの、互いになかなか言い出せず、七年という年月を経《へ》て、昨年ようやく祝言に至ったのである。

美弥は流産の前に死産していたため、子供は諦《あきら》めていたようだったが、それだけに此度の懐妊は喜ばしい。もうあと一月余りで臨月を迎える美弥のお腹はますますせり出てきて、座っていても重そうだ。

まんまるのお腹を見つめていると、美弥が問うた。

「お咲ちゃん、聞いてる?」

「聞いてますよ。注文主は浅草の呉服屋の女将さんで――ええと……」

「彦根屋《ひこねや》の康代《やすよ》さんよ。お佳枝《かえ》さんや九之助《くのすけ》さんの財布を見たことがあって、お咲ちゃんのことがずっと気になっていたんですって」

佳枝は浅草の料亭・豊久《とよひさ》の女将で、狐魅《こみ》九之助はやはり浅草に住む戯作者《げさくしゃ》だ。二人はそれぞれ、咲が作った寒椿《かんつばき》と九尾狐《きゅうびこ》を意匠とした財布を持っている。

「それはありがたいことで……」

「ただし、浅草からここまではなかなか出て来られないから、下描《したが》きはお店《たな》に届けて欲しいんですって。もちろん、お足は出してくださるそうよ」

「喜んでお伺《うかが》いいたしますよ」

仕事のやり取りを終えると、咲は桂の懐妊を口にした。

「まあ、おめでとう！」

「あら、なんですか？」

ちょうど座敷へやって来た寿《ひさ》が、目を丸くして問うた。

寿は誠之助の母親だ。桝田屋はもともとは寿と亡夫が浅草で開いた店で、誠之助が跡を継ぎ、美弥を娶《めと》ったのちに日本橋は万町《よろずちょう》へと移って来た。寿は誠之助亡き後、深川《ふかがわ》の傳七郎《でんしちろう》の後妻となったが、美弥とは嫁と姑《しゅうとめ》として変わらずに親しくしてきた。寿は美弥の悪阻からこのかた、身重の美弥を案じて、通いで店を手伝っている。

「お咲ちゃんの義妹《いもうと》さんが、おめでたなんですって」

「まあ、おめでとう！」

美弥と同じ台詞《せりふ》を漏《も》らして、寿は顔をほころばせた。血はつながっていないというのに、二人は時々、実の母娘《ははこ》のごとく似て見える。

「早かったわね。確か睦月に祝言を挙げたばかりでしょう？」

「ああ、そっちの――実の妹の方じゃなくて、弟のおかみさんの方です」

「あら……でも、どっちだっておめでたいことに変わりはないわ」

「その通りです。月末には、帯祝いに亀戸まで行くんですよ。確か、お美弥さんも亀戸でしたね？」

安産祈願には、雑司《ぞうし》ヶ谷《や》や入谷《いりや》の鬼子母神《きしもじん》、代々木《よよぎ》や大宮《おおみや》の八幡宮《はちまんぐう》の他、亀戸天神社が市中では人気だ。

「そうですよ」と、美弥より先に寿が応《こた》えた。「楽しみね、お咲さん」

「はい」

「ところでお義母さん、何か急ぎのご用でも？」

「あ、ううん。ただ、久しぶりにお咲さんとゆっくりおしゃべりしたいから、瑞香堂《ずいこうどう》へ向かう前にお茶にお誘いしてみようと思って。どう、お咲さん？」

「喜んで」

「それなら、私は店に戻りますから、お二人でごゆっくり」

「お湯を沸《わ》かすのが面倒だから、ちょっと秋田屋《あきたや》まで行って来るわ。お団子、買って帰るわね。ささ、お咲さん、ご一緒に」

秋田屋は桝田屋からほど近い、団子が評判の茶屋である。寿について店先へ戻ると、志郎に会釈《えしやく》をこぼして桝田屋を後にする。だが寿は、秋田屋を通り過ぎて通町へと咲をいざなった。

「……何か、内緒のお話ですか？」

「そうなのよ。流石、お咲さん」

察し良く問うた咲へ、寿は肩をすくめて苦笑した。

桝田屋から四町ほど南へ歩き、箔屋町《はくやちよう》の茶屋で寿は足を止めた。縁台に座って茶を注文すると、寿は声を潜《ひそ》めて告《つ》げた。

「聞いてちょうだい。志郎さんが、女の人と会っているのよ」


目をぱちくりして、咲も声を潜めた。

「それはつまり、不義……ということですか？」

「そのような物言いだったけれど、あの志郎さんがまさかと思って、初めは一笑に付したのよ」

「ええ、あの志郎さんが、まさかそんなことしませんよ」

志郎は至って真面目《まじめ》な男で、何より美弥に惚《ほ》れ込んでいる。

「決めつけるのはなんですけれど、志郎さんが浮気するようじゃあ、私はもう男の人を一切信じられそうにありません。お寿さんは、志郎さんを信じていらっしゃらないんですか？」

「信じているわよ」

運ばれて来た茶を一口含んでから、寿は続けた。

「でも、気になるのよ」

「と、仰いますと？」

寿は湯屋《ゆや》でよく顔を合わせる近所のおかみから、志郎のことを聞いたそうである。志郎は昨年まで深川住まいだったため、そのおかみは志郎を見知っていたらしい。

「先日浅草寺《せんそうじ》へ行った折に、仲見世《なかみせ》で志郎さんを見かけたんですって。若い女の人と一緒で、仲良く買い物していたって」

「見間違いじゃないですか？　だって、志郎さんは大概お店にいるじゃありませんか」

「それが、今は私がお手伝いしているから、お客さまのもとへ行くことも多いのよ。そうでなくとも、浅草には前の店からのお得意さまもいらっしゃるから……」

桝田屋は美弥と志郎が二人で切り盛りしていて、他に奉公人はいない。だが、届け物や注文聞きで、志郎が出かけることがなくもなかった。咲の家にも、注文や客を案内するために訪れたことが幾度かある。

「だからといって、志郎さんは出先で女の人を誘うような浮気者でも、器用者でもありませんよ」

「そうよねぇ。だから、すっきりしたくて、ちょっと志郎さんに訊ねてみたの」

「えっ？」

「もちろん、お美弥さんには内緒でこっそりとね。信じていたって――冗談《じょうだん》交じりにだって――夫のそんな話は面白くないでしょう。今は大事な時ですもの。下手《へた》に心労を負わせたくないわ」

「それで、志郎さんはなんと？」

「届け物のついでに浅草寺へお参りに行ったら、昔の知り合いに出会ったそうよ。『仲良くだなんて滅相もない。土産《みやげ》を買おうと思っていた菓子屋まで、案内してもらっただけです』――と、言っていたわ」

寿がしかつめらしく志郎の物言いを真似《まね》るものだから、咲は噴き出しそうになる。

「それなら、そうなんでしょう」

「けれども、なんだか怪しかったのよ。ほんのちょっぴりだけど慌てた様子で……私の目は誤魔化《ごまか》されないわ。志郎さんとは長い付き合いだもの。『知り合い』というのは嘘《うそ》で、出会ったのは昔の女じゃないかしら？」

「昔の女……」

「昔、深い仲だったとか、片想いだったとか、どこかの馴染《なじ》みだったとか」

志郎は美弥より二つ年下、咲より二つ年上で、今年ちょうど三十路《みそじ》だ。昨年、美弥と夫婦になるまでずっと独《ひと》り身だったそうだが、壮年の男なれば、美弥の前にも好いた女や肌身を合わせた女がいてもおかしくない。また、「馴染み」を作るほど遊んでいたとは思えぬものの、花街を知らぬということはないだろう。

「まあ、志郎さんもいい歳ですから、そういった女の人が一人や二人、いるやもしれませんね。だとしても、昔は昔、今はただの『知り合い』でしょう」

「私もそう言ったのよ。またしてもそのおかみさんと湯屋で顔を合わせた時に……けれども、『焼け木杭《ぼっくい》に火が付く、というでしょう』だの、『あっちがおろそかになる身重の間は、殊《こと》に用心しないと』だのと言うものだから、またぞろ気になっちゃって」

「余計なお世話ってものですよ。気にすることありません。私の知り合いにもおりますよ。噂《うわさ》好きで、やたらお節介《せっかい》な人が……」

以前の長屋の住人にして今は乾物屋に嫁《とつ》いだ駿《しゅん》と、その母親のうのを思い浮かべながら咲は言った。

「そう――そうよね。気にすることないわよね」

「そのおかみさんこそ、身重の時に旦那《だんな》さんに裏切られたんじゃないですか？　はたまた、旦那さんが昔の女と浮気しているか……もしも娘夫婦がいるのなら、その人はお婿《むこ》さんが気に食わないのやもしれませんね。それで、お寿さんと志郎さんの仲を羨《うらや》んでいるのやもしれませんよ。もしくは、お寿さんと傳七郎さんご夫婦の仲を」

「なるほど。そういうことも考えられるわね。流石、お咲さん。やっぱり、お咲さんにお話ししてよかったわ。ここしばらく、一人でもやもやしてたのよ」

「お役に立てたなら、ようございました」

にっこりして応えたものの、ふと、修次の台詞が頭をよぎった。

――あんまし男を買いかぶらねぇ方がいいぜ、お咲さん。あんな朴念仁《ぼくねんじん》でも、二人きりで顔突き合わせてりゃあ、ふらりその気にならねぇこともねぇ――

志郎が咲の家に出入りしていることを知った修次から、のちに言われた言葉である。

いんや。

志郎さんに限ってそんなこたぁない――

内心頭を振って、咲は寿としばし茶屋でおしゃべりに興じた。

寿と別れたのち、咲は通町の西側の上槙町《かみまきちょう》にある瑞香堂へ向かった。

瑞香堂には沈丁花《じんちょうげ》を意匠にした、常式と変わり種の二種類の匂《にお》い袋を納めている。今日は常式が二つで、店主の聡一郎《そういちろう》が代金を包んで来る間、上がりかまちに座って待っていると、暖簾《のれん》をくぐって伊麻《いま》がやって来た。

「あら、お咲さん。いらっしゃい」

「お邪魔しています」

髪結《かみゆ》いの伊麻と聡一郎は、互いに「狐憑《きつねつ》き」と噂されていたことが縁で想い合うようになった。弥生《やよい》には高崎《たかさき》宿の伊麻の実方を二人で訪れ、聡一郎は伊麻の家族との顔合わせも果《は》たしている。聡一郎の両親は今は近江《おうみ》国に住んでいて、残念ながら弥生の顔合わせは叶《かな》わなかった。だが、来月には双方の家族を江戸に招いて、祝言を挙げることになったという。

「お咲さんに会えたらと思って来たから、嬉しいわ。ねぇ、よかったら一緒に播磨屋《はりまや》へ行きませんこと?」

「播磨屋へ?」

先ほど思い出した、駿が嫁いだ乾物屋である。

「ほら、先日、九之助さんが氷豆腐が好物で、播磨屋のが一番のお気に入りだと言ってたでしょう。その話を長屋でしたら、食べてみたいという人が何人かいたのよ」

伊麻は馬喰町《ばくろちょう》の長屋住まいで、祝言まではけじめとして離れて暮らすそうだが、時が許せばこうして日本橋まで出て来て、聡一郎と昼餉《ひるげ》や夕餉を共に過ごしているらしい。

氷豆腐は硬めの豆腐を薄く切って凍らせたものを、更に乾かした豆腐で、長持ちする上に煮物や炒《いた》め物にも使い勝手がいい。寿とのおしゃべりで思わぬ油を売ったが、太一たちに言った通り、居職は――殊に独り身は融通が利く。

「それなら、私も長屋のみんなにお土産にしますよ。ただ、九之助さんに鉢合《はちあ》わせなきゃいいですけれど……」

駿とは少し違うが九之助もまた話し好き、かつ大の狐好きだ。九之助は狐は瑞獣《ずいじゅう》だという証《あかし》を立てるために狐憑きや妖狐《ようこ》を探しているそうだが、長年地元で狐憑きとして疎《うと》まれてきた伊麻や、稲荷《いなり》神社の神狐《しんこ》の化身《けしん》と思《おぼ》しきしろとましろの「友達」である咲は、なるべくかかわらぬようにしている。しかしながら、戯作者の九之助は顔が広く、市中の物事に精通していることから、九之助が勧《すす》めるものには興を覚えぬこともない。

「でも、聡さんに怒鳴《どな》りつけられてから、あの人、ちょっぴりましになったような気がするわ。あくまで、ほんのちょっぴりだけど」

「まあ、あの人は狐好きなことを除けばちょいと変わった——いや、狐好きだってことを除いても、無遠慮《ぶえんりょ》でおしゃべりな、かなりの変人には違いないか……」

「その通りよ。それに、少々大人しくなったところで、そうそう人は変わらないわ」

匂い袋の代金を受け取ると、聡一郎に見送られて、咲たちは表へ出た。瑞香堂は通町よりも御堀寄りにあるため、御堀沿いへ出て南へ足を向ける。

再び、桂の懐妊を話の種にしつつ、比丘尼《びくに》橋を渡ってから東へ折れて、三十間堀町《さんじっけんぼりちょう》へと歩いて行くと、播磨屋の日除《ひよ》け暖簾が見えてくる。

はたして道中にも播磨屋にも九之助の姿は見当たらなかったが、思いも寄らぬ者が咲たちを迎えた。

「まあ、お咲さん。いらっしゃいませ」

駿の声を聞いて、咲たちは思わず顔を見合わせた。

というのも、播磨屋は大店ゆえに駿は働かなくてもいい身分で、九之助は播磨屋では駿の姿を見かけたことがないと言っていたからだ。駿が店の前掛けをしていることから、ただ居合わせたという訳でもなさそうである。

「お駿さん」

一体どういった風の吹き回しで――？

胸中の問いは隠して、咲は微笑んだ。

「今日はお店のお手伝いですか？」

「ええ、たまにはね」

澄《す》まして応えて、駿は店主と思しき男を手招いた。

「あなた。お咲さんが来てくださったわ。ほら、縫箔師《ぬいはくし》の」

「それはそれは……私は将太郎《しょうたろう》と申します。お咲さんのお噂は、かねがね耳にして参りました。神田《かんだ》からご足労くださり、ありがとうございます」

一体どんな噂だか……と、これまた胸中でつぶやくと、咲は将太郎に微笑んだ。

「お初にお目にかかります。咲と申します」

微笑を返した将太郎は、小太りだが血色が良く、愛嬌《あいきょう》がある。九之助曰《いわ》く、将太郎は舌が肥《こ》えていて、どの商品も自ら一つ一つ味見をしている。その上、商売上手で、播磨屋は代替わりしてからますます繁盛《はんじょう》しているらしい。

駿が伊麻の方を向いて小首をかしげる。

「こちらさまは、ええと――先日、瑞香堂でお目にかかりましたわね？」

「はい。私は伊麻と申します。お咲さんの友人で、髪結いをしております」

「髪結いを……そうでしたか。お二人は、本日は何かお目当ての物でも？」

「ええ、先日、九之助さんがこちらの氷豆腐がお気に入りだと言っていたので、一度お味見したくて参りましたの」

九之助の名を聞いて、駿は束の間、複雑な顔をしたが、すぐに気を取り直したように笑みを浮かべた。

「では、包んで参ります。いかほどご入り用ですか？」

注文を聞いて駿がいそいそと店の奥に引っ込むと、将太郎は再び微笑んで声を潜めた。

「十日ほど前でしたかね。急に店を手伝うと言い出して、なんの先触れかと思いましたが、どうやら瑞香堂で、九之助さんにやり込められたようですね？」

「やり込められたという訳ではないのですが、お駿さんが播磨屋のおかみさんだったとはまるで知らなかった、お店で見かけたことも、話に聞いたこともなかったから――と言っていました」

「ははは、さようでしたか。そりゃ無理もありません。祝言からこのかた、お駿が店に立ったことはありませんでしたからね。今だって、手伝うと言いつつも、なんだかんだ休み休みで半日と店には出ていないんですが、遊んでばかりよりましです。あいつにも、子供たちの手本になってもらいたいんです。子は親の背中を見て育つといいますから」

まさに駿にも当てはまることで、駿の性格は母親のうのに多分に似ている。

「お咲さんは、瑞香堂の匂い袋も手がけているそうですね。人気なのに数が限られているから、なかなか手に入らないのだと、お駿が教えてくれました」

「さようで」

「九尾狐の財布にも感心しておりました。私は前々から、幾度か九之助さんの財布を見ていましてね。お咲さんの名も九之助さんからお聞きしていて、お駿にも話したことがあったんですが、ああまで見事だとは思わなかった、あれほどの逸物《いちもつ》には滅多《めった》なことでお目にかかれない、と言っていました」

「お駿さんがそんなことを？」

つい驚きが声に滲《にじ》んだ。あの日「見事」だの「逸物」だのと財布を褒《ほ》めそやしたのは九之助と伊麻で、駿は黙ったままだった。

「はい」と、将太郎は苦笑を浮かべて頷いた。「このところ、余計なおしゃべりも減ったように思います。といっても、あくまで前と比べてのことですが……九之助さんやお咲さんのおかげですかな」

将太郎はおそらく先日まで、咲の良い噂を聞いたことがなかったに違いない。駿は前の長屋で咲が作った物をいくつか目にしていた筈《はず》だが、もう五年は前のことである。

これもまた己が腕を上げた証だろうと、咲は駿の思いがけぬ称賛を素直に喜んでおくことにした。

「私は何も。九之助さんも、けして嫌みや説教じみた物言いではなく——」

「ははは」と、笑って将太郎は咲を遮《さえぎ》った。「判ります、判ります。まあでも、うちのやつにはいい薬になったようです。——おっと」

戻って来る駿の姿を認めて、将太郎は口をつぐんだ。

抱えて来た包みを一つずつ咲たちに差し出して、駿が愛想笑いを浮かべる。

「お気に召したら、またいらしてくださいね」

「ええ、またそのうちに」

代金を払って包みを受け取ると、咲たちは早々に播磨屋を出たが、十歩と歩かぬうちに駿に呼び止められた。

「お咲さん、ちょっとお待ちになって」

「なんでしょう？」

咲たちを店の横の路地へいざなって、駿は声を潜めた。

「余計なお世話かもしれませんが……私、先日、修次さんをお見かけしたんです」

「修次さんを？　それが何か？」

「三味《しゃみ》を持った、派手《はで》な身なりの女の人とご一緒で、何やら親しそうに話していらしたのよ」

修次は「職人仲間」だと教えたというのに、駿はまだ、咲たちを男女の仲だと疑っているらしい。

まったく余計なお世話だよ――

またしても胸中でつぶやいて、咲は穏やかに口を開いた。

「修次さんはおもてになりますから、女の人と一緒にいても、親しそうにされていても、なんの不思議もありませんよ。前に三味のお師匠をしている方のお話をされていましたから、同じ方ではないでしょうか」

紺《こん》という名の女のことだ。咲が修次と出会った時には男女の仲だったが、ほどなくして修次の方から振っていた。

「あら、そういう方がちゃんといらしたのね。なんだ。心配して損しちゃったわ。引き止めてしまってごめんなさいね」

失望を隠さずにそそくさと店へ戻る駿を見送ると、咲たちは揃って小さく噴き出した。

「余計なお世話、と前置きするほどには、ましになったようね」

「あの人なりの善意なのかもしれませんが、お伊麻さんが仰った通り、人はそうそう変わらないものなんでしょう」

「善意だなんて、お咲さんは寛容ね。あの人、お咲さんの驚き顔が見られなくて残念そうだったわ。私も少し……修次さんとは、そういう話にならないの？」

「なりませんねぇ」

冗談交じりにとはいえ、二度妻問いされたことは隠して、咲はにっこりしてみせた。


長屋に帰ると、昼餉を挟んで、咲は早速、初嵐の下描きに取りかかった。

白く可憐《かれん》な花は描いていて楽しい。半刻余りで十を超える意匠をさらさら描いたところへ、八ツの鐘が鳴り、勘吉が駆けて来た。

「おさきさーん！　おひがしー！」

「はいはい」

梯子《はしご》を下りて、二軒隣りのしまの家で集《つど》うも、由蔵の姿が見当たらない。

「なんだか食欲がないそうでね」と、藤次郎。

「暑気あたりだって言ってるけれど、まだそんなに暑くないのに……」

路が顔を曇《くも》らせると、隣りの勘吉も眉尻《まゆじり》を下げる。

「言いたかないけど、由蔵さんもお歳――」

「あっ、おしまさん」

「そうだった、そうだった。言いませんとも」

福久としまが苦笑を漏らすも、どちらも由蔵を案じていることは伝わってくる。

干菓子と共に、土産の氷豆腐を皆に少しずつ分けて、播磨屋まで足を延ばしたことや、初嵐を描いていることなどを話した。

おやつを終えると、勘吉は福久と共に、猫のみつと遊ぶために出かけた。

福久は一度、みつを引き取ろうとしたのだが、どうやら縁がなかったらしく、みつは結句、岸町《きしちょう》に住む育《いく》という老婆の飼い猫となった。福久と勘吉はもちろん、猫好きの由蔵、瓦師《かわらし》の多平《たへい》、大工の辰治《たつじ》は肩を落としたものの、みつが縁となって、福久と勘吉の二人は育の家に遊びに行くようになり、みつばかりか育との触れ合いも楽しんでいる。

洗い物を引き受けた咲が、皆の茶碗《ちゃわん》を洗って戻したところへ、のろのろと由蔵が戸口から顔を出した。

「由蔵さん、お出かけですか？」

「ああ、ちと生薬屋《きぐすりや》まで……お幸《さち》さんに頼んでおくのを忘れちまってよ」

しまの向かいには夫婦が住んでいて、夫の新助《しんすけ》は料理人、妻の幸は茶汲《ちゃく》みをしている。

幸が勧める茶屋は神田明神の門前にあり、長屋の者の行きつけの湯島横町《ゆしまよこちょう》の生薬屋から
そう遠くない。
「薬が入り用なら、私が買いに行きますよ。ちょうど、明神さまに行こうと思ってたん
です。下描きを早々に終えちゃったから……」と、咲は嘘をついた。
「そうかい。そんなら頼んじまおうかな。すまねぇな」
「なんの。ほんのついでですから」
急ぎ支度をして、咲は長屋を出た。
頼まれた薬は疲労や食欲不振に効《き》く煎《せん》じ薬で、咲は生薬屋で聞いて、由蔵が昨年もし
ばらく同じ薬を買っていたことを知った。
「まあ、五十路《いそじ》を過ぎると、いろいろ衰《おとろ》えてきますからね。どうかお大事に」
店の者に見送られて表へ出ると、咲は神田明神へ足を向けた。明神参りはとっさに口
にしたことだったが、ここまで来たからには寄らない手はない。
本殿で由蔵の平癒《へいゆ》を、それから桂の安産を祈って踵《きびす》を返すと、一間と離れていないと
ころにしろとましろが立っている。
「ああ、驚いた」
胸を押さえた咲へ、双子は笑った。

「いひひっ」

「ひひひっ」

「一声かけてくれりゃあよかったのに」

「だって、お参りしてたから」

「じっと、お参りしてたから」

「おいらたちも、お参りしとこう」

「せっかく来たから、お参りしとこう」

二人してちょこんちょこんと二礼したのち、揃って二拍手一礼して、咲のもとへ戻って来る。

「あんたたちは、お遣《つか》いかい？」

じきに七ツの鐘が鳴ろうが、日暮れまではまだ時がある。

「ううん、帰り道」

「お遣いの戻り道」

「でもって寄り道」

「ちょっと回り道」

「そうかい」

双子の依代《よりしろ》だと咲が信じている対の神狐の像は、和泉橋《いずみばし》の近くの、小さな無名の稲荷神社にある。

そんなら和泉橋まで一緒に帰ろうか——と、咲が誘う前に、双子は揃って石坂の方を見た。

「修次も帰り道」

「帰り道でちょっと寄り道」

「修次さん？」

目を凝《こ》らすと、石坂へ続く門からこちらへ歩いて来る修次の姿があった。ただし、うつむき加減で、修次は咲たちに気付いていないようである。

「おーい、しゅうじー！」

「かざりしのしゅうじー！」

しろとましろが声を上げると、修次はこちらを見やって足を速めた。

「なんだ。お咲さんたちも来てたのか」

「まあね」

咲が応えると、双子も澄まして胸を張る。

「まあね」

「まあね」

「はははっ、相変わらずだな、お前たちは」

修次は笑ったが、今一つ精彩を欠いている。

「なんだか顔色が良くないよ。あんたも暑気あたりかい？」

「暑気あたりには、ちと早《はえ》ぇだろう。だが、あんたもってこた、お咲さんは暑気あたりなのかい？」

「いんや、私じゃなくて、長屋の由蔵さんがこのところ具合が悪くってさ」

「由蔵さんも？」

「由蔵さんもってこた、やっぱりあんたも――」

「いんや、俺じゃなくて、喜兵衛《きへえ》の爺《じじ》ぃがどうも良くねぇらしいのさ」

「喜兵衛さんが？」

咲はまだ、修次と「長《なげ》ぇ付き合い」だという喜兵衛と顔を合わせたことがない。だが、「爺ぃ」というからには、五十路は下らぬ高齢だと踏《ふ》んでいた。

「喜兵衛が……？」と、向かって右側の、おそらくましろが驚き顔でつぶやいた。

「喜兵衛も……？」と、向かって左側の、おそらくしろも眉をひそめる。

見目姿はそっくりだが、社《やしろ》の前の対の神狐は左がしろ、右がましろのようで、人の姿をしている時も同じ並びが多いようだ。

「あんたたちは、喜兵衛さんを知ってんだね？」

「知ってる」

「ちょびっと知ってる」

「喜兵衛は修次の友達」

「昔からの大事な友達」

「その通りだ。なんだ、お前たちは喜兵衛爺ぃも知ってたのか……」

「おいらたちは知ってる」

「喜兵衛は知らない」

「そうか……お前たちは『お見通し』だもんな」

「時々な」

「時々だけどな」

えらそうに言ってから、双子は咲たちに背を向けてやや離れると、ひそひそと互いに耳打ちし合った。

ひとときして戻って来たしろとましろは、修次を挟んで両隣りから手を取った。

「おいらたちも一緒にお参りするぞ」

「修次とお参りするぞ」

「うん？」

「喜兵衛のためにお参りに来たんだろ？」

「喜兵衛が良くなるように、お祈りしに来たんだろ？」

「あ、ああ、その通りさ。ははは、そいつもお見通しか」

修次は笑ったが、双子は此度は真顔で首を振った。

「おいらたち、千里眼じゃないんでぃ」

「なんでもかんでも、お見通しじゃないんでぃ」

「けれども、こんくれぇは判るんでぃ」

「こんくれぇは、お見通しじゃなくても判るんでぃ」

伝法な物言いは照れ隠しらしい。黙ったままの修次へ、双子は何やらもじもじして付け足《た》した。

「だって、喜兵衛は修次の友達だから」

「でもって、修次はおいらたちの友達だから」

「はは……ありがとうよ」

腰をかがめて修次が微笑むと、双子は更にもじもじした。

「いいんだよぅ」

「礼なんざいらねぇんだよぅ」

双子に引っ張られて本殿へ向かう修次の後ろを、咲もついて行く。

四人で喜兵衛の平癒を祈ると、やや和《やわ》らいだ顔で修次が言った。

「千太《せんた》はどうしてっかと思ってよ。気晴らしのついでに、徳永《とくえい》爺ぃんとこに行って来たのさ。喜兵衛爺ぃのことは、徳永爺ぃと千太から聞いたんだ」

「ああ、だから帰り道……」

しろとましろと共に、咲と修次が出会うきっかけとなった少年の千太は、今は櫛師《くしし》の徳永のもとで暮らしている。奉公先として千太に徳永宅を世話したのは修次だが、喜兵衛と徳永は長年の碁敵《ごがたき》で、修次は徳永やその家の事情を喜兵衛を通じて知っていた。

「喜兵衛さんはそんなに悪いのかい？」

「判らねぇ。だが、徳永爺ぃが言うくれぇだから、よっぽどだろう。これまで——殊にこの三年ほどちょいちょい具合が悪い時があったが、飲み過ぎだの、食べ過ぎだの、それからまあ、たまに風邪《かぜ》を引くくらいでよ。大きな怪我《けが》もなく暮らしてきたんだが、喜兵衛爺ぃもあと三回年を越したら還暦だからな……」

とすると喜兵衛は五十八歳で、由蔵より五つも年上だ。

「悪《わり》ぃな、しんみりしちまって」

「なんの」

「由蔵さんにもよ、大事にするよう、よろしく伝えてくんな」

「ありがとさん。喜兵衛さんもお大事に」

咲が微笑むと、しろとましろも修次を見上げて笑みを浮かべた。

「咲にはね、いいこともあったのさ」

「めでてぇことがあったのさ」

「そうなのか？　そりゃいってぇなんでぇ？」

「おめでたさ」

「おめでただから、めでてぇのさ」

「お、おめでた？」

声を上ずらせて、修次が咲の腹を見る。

「莫迦《ばか》。私じゃないよ。おめでたはお桂さんさ」

「お桂さん――というと、太一さんのおかみさんか」

安堵《あんど》の表情を浮かべて、修次は顔をほころばせた。

「そら、めでてぇや」

「うん、めでてぇ」

「とっても、めでてぇ」

修次と共に囃《はや》し立てる双子へ笑みを返しつつ、咲は思い巡らせた。

お桂さんのおめでたは「お見通し」の内なのかねぇ？

それとも、お花野《かの》さんからでも聞いたんだろうか——？

花野はしろとましろの幼馴染みで、七、八歳と思しき双子よりやや年上の、十歳前後の可憐な少女だ。花野の着物の背紋が「下り藤」で春日《かすが》大社と同じことから、咲は花野は神鹿《しんろく》の化身ではないかと推察している。

また、しろとましろはお揚《あ》げや稲荷寿司《ずし》が好物だが、花野の好物は草餅《くさもち》で、殊に桂の実方の五十嵐の草餅を、江戸で一番だと評してくれたらしい。

「夕餉にはちょいと早いけど、柳川《やながわ》にでも行くかい？」と、咲は三人に問うてみた。

柳川は咲たちの行きつけの蕎麦屋《そばや》だ。

桂の懐妊のみならず、志郎の浮気疑惑や駿が働き始めたこと、駿が言っていた「三味を持った、派手な身なりの女」についてなど、今日は話の種に事欠かない。

だが、しろとましろは首を振った。

「残念」

「無念」

「おいらたち、まだ寄り道するの」

「もう一つ、寄るところがあるんだよ」

「そうなのかい」

「俺も今日はやめとくよ」と、修次。「喜兵衛の爺ぃがどんなだか、様子を見に行きてぇからよ」

「そうだね。じゃあ、またにしよう」

昌平橋《しょうへいばし》を渡った先までは一緒に歩いたが、須田町《すだちょう》の手前で柳原《やなぎわら》へ行くしろとましろと別れ、更に一町ほど通町を南へ歩いたところで、平永町《ひらながちょう》へ帰る咲が東へ折れた。

「またな、お咲さん」

「うん、またそのうちに」

笑みを浮かべて修次は頷いたが、踵を返すと早足になり、その背中はみるみる遠ざかって行った。


翌朝。

やはり六ツの鐘から半刻足らずで、勘吉が駆けて来た。

「おさきさん。おゆきさん」

駆けて来たにもかかわらず、昨日とは打って変わって小声で告げる。

「どうしたんだい？　今日はなんだか大人しいね」

「よしぞうさんがねてるから。ねないと、ぐあいがよくならないんだって。だからよくねむれるように、おいらはしずかにするんだよ」

「まあ」と、勘吉の後から来た雪が微笑む。「良い心がけね。感心、感心」

「へへっ。だって、おいらもういつつだもん。けんきちのおにいちゃんだもん」

おそらく路がそう諭《さと》したのだろうが、弟の賢吉が生まれてからの勘吉は、幼いながらに「兄」らしくなってきた。

雪の用事は無論、桂の懐妊についてで、雪は昨晩も太一たちの長屋に寄って、滋養になる卵を届けたという。

「そうか、卵か」

「ああでも、卵はご実家でも食べさせてもらえるから、お姉ちゃんが気を遣わないように、くれぐれも言っといてくれ、とお兄ちゃんから頼まれたわ」

「そ、そうかい」

「じゃないと、お姉ちゃん、山ほど卵を持って行きそうだもんね」

　忍び笑いを漏らしてから、雪は続けた。

「その代《か》わりと言っちゃなんだけど、お包みと背守り、守り袋はよろしく頼むとも言われたわ」

「うん、任せとくれ」

「それにしても、よかった。もう、早くお姉ちゃんに知って欲しくて、昨日は一日中うずうずしてたのよ。でも、これからはいろいろ、遠慮なく赤ん坊のお話ができるわね」

「そうだね。――あれ？　もしかして、あんたもおめでたなのかい？」

「えっ？　やぁだ、お姉ちゃん、私はまだよ」

　慌てて手を振って、雪はお腹に手をやった。

「早く授かりたいとは思うけど、小太郎さんもようやく落ち着いたところだし、私もまだまだ立花で働きたい気もするし……まあ、どのみち成りゆき次第ね」

　雪の夫の小太郎は大工で、兄の源太郎《げんたろう》と共に世話になってきた村松《むらまつ》という大工一家を睦月で去った。しばらくは二人して他の大工の助《すけ》っ人《と》をしてきたが、今月に入ってようやく人手が集まり、「永太郎《えいたろう》」という大工一家を立ち上げた。「太郎」は二人の名前から、「永」は二人が長年暮らしてきた永富町から一文字もらったそうだが、一家が末永く続くよう、願いを込めての名付けでもある。

「そうだね」と、咲は繰り返した。「これぱっかりは、授かりものだからね」

「ええ」

頷いた雪が再びお腹へ手をやったのを見て、ふと、桂の姿が頭をよぎった。

懐妊でないなら、もしや雪も、身ごもって早々に流産したんだろうか……？

咲は長年、雪の親代わりを務めてきた。ゆえに懐妊や流産などの「大事」はすぐさま知らせてくれるだろうと思ってきたが、雪の今の一番の身内は小太郎である。

そうでなくたって、雪ももういい大人なんだから、なんでもかんでも、私に打ち明けることたないさ――

ましてやこれからは、いまだ独り身の己には打ち明けにくいことも出てくるだろう。

何やら芽生《めば》えた心寂《うらさび》しさを隠して、咲は仕事へ向かう雪を送り出した。

昨日に続いて、二階の仕事場で更に十もの初嵐の意匠を描いたところへ、「お咲さん、ごめんください」と、階下から声がした。

筆を置いて梯子を下りると、開けていた戸口から壱《いち》が顔を覗《のぞ》かせる。

「お咲さん、昨日、湯島にいらしたでしょう？　ちらりと見かけたんですが、明神さまに行かれるみたいだったから、呼び止めたら悪いと思って……でも、なんだかお咲さんとお話ししたくなったので来てみました。よかったら、柳川で昼餉はどうですか？」

昨日食べ損《そこ》ねたこともあり、咲はすぐさま頷いた。

「喜んで。ついでに浅草まで行きたいんで、少しお待ちくださいますか？」

「浅草？」

下描きを届けに彦根屋まで行くと告げると、壱も同行したいと言う。

「彦根屋は中にも出入りしていましてね。女たちに人気なんですよ。ですが私は聞いたことがあるだけで、覗いたことはないんです」

中とは吉原《よしわら》のことで、湯島で手習い指南所の師匠をしている壱は、時に吉原まで出向いて遊女たちに教えることがある。

意匠を描いた紙をまとめて、まずは松枝町《まつえだちょう》の柳川へ行く。

壱もまた、駿のつまらぬ噂話に呆《あき》れた一人だ。駿は如月にわざわざ壱の長屋へ出向いて、壱の恋人にして駕籠《かご》舁《か》きの典馬《てんま》が咲と「いい仲」だと、咲たちにとってはとんでもない空言を知らせたのである。幸い、壱は典馬を信じていて、駿の言葉に惑《まど》わされることはなかったが、そのことを思い出しつつ、冗談交じりに志郎の浮気疑惑を話の種にすると、壱はくすりとした。

「実は典馬には、浮気や昔の女どころか、隠し子の疑惑まであったんですよ」

「なんですって？」

「つい先日、もったいぶって告げ口してきた人がいたんです」

「もしや、またお駿さんですか？」

「いいえ。ですが、またしても表店のおかみさんです」

壱が住む長屋の表店のおかみは駿の友人でもあり、典馬を出入りさせている壱を「身持ちが悪い」と嫌っている。

「おかみさんが言うには、『隠し子』はもう二、三歳だそうです。女の人はおそらく二十二、三歳で、典馬と同い年くらい。でもまあ、おかみさんは私を良く思っていませんからね。話半分に聞いてます」

「というと、半分は典馬さんを疑っていらっしゃる？」

「若気の至りはありそうですからね。訊《き》けば教えてくれると思いますが、隠しているんなら、典馬なりの事情があるんでしょう」

そう言って、壱は茶目っ気たっぷりに微笑んだ。

柳川を後にして、柳原を東へ向かいながら、咲はおずおず問うた。

「……お駿さんに呆れといてなんですけれど、お壱さんと典馬さんはどうして一緒にならないんですか？」

柳川の常連にして典馬の友人の参太郎《さんたろう》の物言いから、典馬は壱との祝言を望んでいると咲は推察していた。

「私は学問が好きなので、一人で学問に打ち込みたい時が多々あるのですよ。通いの男なら気が乗らない時には追い出しゃいいけど、夫となるとそうもいかないでしょう？」

「まあ、その気持ちは判らなくもありません」

「そうでしょう。お咲さんなら判ってくださると思いましたよ」

「一人暮らしに慣れた身には、夫婦暮らしはなかなか億劫《おっくう》に思えます」

「そうそう、まさしく」

我が意を得たりとばかりに壱が笑う。

「私は早くに母と妹を亡くして、父と二人きりになりましてね。その父も私が十六歳の時に亡くなって――両親は上方の出で、江戸には親類がいないので、私は一人になりました。ですが、幸い父の跡を継《つ》いで指南所の師匠になることができましたので、もう十数年も一人気ままに暮らしてきたんです。典馬はいい男だけれど、今更誰かと一緒に暮らすとなると、どうもねぇ……」

苦笑を漏らして壱は続けた。

「――と、皆には言っているのですけれど、他ならぬお咲さんには、正直にお話しします。実はもう一つ、気にかかっていることがあるんですよ」

「昔の女や隠し子とは別に？」

「隠し子とは別ですが、昔の女といえないことも……おかみさんから聞いた人ではありませんが」

駕籠舁きだけに典馬は隆《りゅう》とした身体つきで、まだ二十三歳と若い。気立ても心意気もいい男ゆえに、「昔の女」も一人や二人ではなさそうだ。

「おそらく、お咲さんもご存じの人ですよ」

「えっ？」

「といっても、話に聞いただけでしょうが、近江の経師屋《きょうじや》の娘さんです」

典馬とその母親は近江国の出で、昔住んでいた長屋には経師屋がいて、その娘は母親の幼馴染みだったと聞いている。

「ですが、典馬さんは確か九つの時に江戸に出て来た筈……それに、お母さんの幼馴染みなら、その方とは大分歳が離れていたのでは？」

「ええ。ですから、その方とどうこうあったというのではなく、ただ——典馬は私にその方の面影《おもかげ》を見ているんじゃないかと思うのです。その方は読み書き算盤《そろばん》が得意で、指南所で判らないところを、親身に砕《くだ》いて教えてくださったとか」

典馬より六つ年上の壱は二十九歳だ。典馬とはここ数年の付き合いらしいが、ちょうど典馬が物心ついてから近江国を出るまでの経師屋の娘と同じ年頃だといえる。

「初恋の人だったんじゃありませんか？」

「そうだったと、典馬は言っています」

だったら、ちっとも気にすることたぁない――

だが、どことなく――またしても――壱の気持ちは判らないでもなかった。そしてそれはおそらく、己が一つだけとはいえ修次より年上で、かつて修次が咲と同い年の、兄嫁だった篠《しの》に惹《ひ》かれていたからだと思われる。

次の言葉に迷った咲へ、壱がにっこりして問うた。

「お咲さんこそ、どうして修次さんと一緒にならないんですか？」

「そ、そりゃ、私たちはお壱さんたちと違って、ただの職人仲間ですから……」

少しばかり慌てた己へ、壱が今度はにんまりとする。

ふっと、図《はか》らずも笑みがこぼれた。

「……他ならぬお壱さんだから、正直にお話ししますよ。修次さんとは思いの外《ほか》、気安くて、仕事の好みや息が合うようなんですがね。夫婦に――つまり、男と女になっちまったら、きっと今とそっくりおんなじとはいかないでしょう、ですから、つい二の足を踏んじまうんですよ」

少しばかり砕けた物言いで本音を言葉にした途端、すとんと胸が軽くなった。

そうそう。

どうせ行き遅れなんだから、何も急ぐこたぁない――

今度は壱が、ふっと笑った。

「そりゃ、そういったことになったら、前とまったくおんなじとはいきませんよ。吉と出るか凶と出るか……お互い悩ましいとこだね、お咲さん」

壱もまた、やや砕けた口調で言うのへ、咲は再び笑みをこぼした。

そんなこんなを話すうちに、どちらも早足の咲たちは、四半刻《しはんとき》余りで浅草花川戸町《はなかわどまち》にある彦根屋に着いた。

彦根屋の女将・康代は大喜びで咲たちを迎えた。

四十代半《なか》ばと思しき康代は貫禄《かんろく》があり、肉置《ししお》き豊かな身を呉服屋らしい上物の着物に包んでいる。

康代は壱の名を知っていた。吉原に出入りしている奉公人が折々に、女の手習い師匠がいると遊女たちから耳にしてきたそうである。

「碁もお強いとか。私も碁をたしなみます。よろしければ、そのうち一局」

「是非《ぜひ》」

咲が下描きを広げる間に、康代は奉公人を一人呼んで来た。咲とさほど変わらぬ年頃の女だが、引眉や鉄漿《おはぐろ》が見当たらぬことから、まだ独り身だと思われる。

「玉《たま》といいます。此度の守り袋はこの子のための注文なんです。もうじきお嫁にいくんでね。そのお祝いに」

「さようでしたか」

「まだ先の話です」と、玉。「女将さんは気が早くて……」

「何も早いことないんですよ。言い交わしてからもう二年になるんです。中年増《ちゅうどしま》になる前に、昨年まとめようとしたんですが、まだ早いと言い張るものだから……」

するると玉は今年二十五歳——世間でいう中年増になりたてで、咲より三つ年下だ。

「でも、お聞きしたところ、桝田屋のご夫婦も、まとまるまで随分《ずいぶん》長いことかかったそうですね」と、康代が問うた。

「ええ。言い交わしてからはとんとん拍子《びょうし》に祝言まで進みましたが、それまでが本当に長くって」

「女将さんは、前の旦那さんとは八年前に死に別れたとお聞きしました。今の旦那さんは、そのあとに働きにいらした方だと……ずっと二人きりでお店を回してきたのに、祝言を挙げたのは昨年だったとか。いくらなんでも遅くありませんか？」

康代が問うのへ、咲は苦笑を浮かべた。

「その通りです。志郎さん――今の旦那さんは、勤め始めてほどなくして女将さんに想いを寄せるようになったんですが、女将さんが前の旦那さん――誠之助さんというのですが――を思い切るのに年月がかかったようでして……その上、女将さんは志郎さんに惚れた後も、誠之助さんやお姑さんに遠慮していましてね。一方、志郎さんは志郎さんで、あまりにも真面目なお人だから、なかなかご自分の気持ちを言い出せずにうだうだしていたんです。まったく、やきもきしましたよ」

「お気持ちはよーく判りますよ、お咲さん。私もお玉にはやきもきしておりますから」

ちらりと玉を見やって、康代は更に問うた。

「けれども、祝言に至ってよかったですわね。加えて、女将さんはおめでたで……もう二月ほどで生まれるそうですね？」

「ええ、楽しみです」

「無事のご出産をお祈りしておりますよ」

「私もです」と、康代の横で玉も口を開いた。「私も心より、母子どちらもご無事であるようお祈りいたしております」

「女将さんに伝えておきますね。喜びますよ。なんせ待望のお子さんですから、私もお姑さんも無事を祈ってやみません。ああ、お姑さんというのは、亡くなった誠之助さんのお母さんなんですが、女将さんも志郎さんも身寄りがいないこともあって、今でも仲良しなんですよ」

「それはようございました」と、玉は安堵の表情で微笑んだ。「そういった方が傍《そば》にいらっしゃるのは心強いですね」

「さてさて、お玉、どれにする？」

康代に促されて、玉がようやく下描きに目を向けた。

黙り込んで、玉は二十もの意匠を一つずつじっと眺めていく。

「あの……ご注文は初嵐で合っていますか？」

もしや玉は自分の名にかけた白玉を所望していたのではないかと不安になって、咲は問うた。

「そうですよ」と、康代が頷く。「というのも、この子の母親は初《はつ》といいましてね。もう大分前——お玉が四つの時に流行病《はやりやまい》で亡くなりましたが、私の友人だったんです。それから父親が庭師でして、お初と祝言を挙げた時には初嵐を、お玉が生まれた時には白玉を買って来たんですよ。お玉はもちろん白玉にちなんで名付けられたのですが、娘の嫁入りを見逃したお初のためにも、意匠は初嵐の方がよかろうとお玉と決めたのです」

「さようでしたか。お母さんは残念でしたが、お父さんはお玉さんの祝言を、さぞ楽しみにしていらっしゃることでしょうね」

「それは……」

言葉を濁《にご》した康代に代わって、玉が下描きから目を上げて言った。

「それが、父も亡くなっているんです」

「そうだったんですか。やはり流行病でですか？」

「あ、いえ……父はその、私が十七の時に刃傷沙汰で……」

「ああ、不躾《ぶしつけ》にすみません。私は、父の方が先に流行病で亡くなりましてね。お玉さんが四つの時ですと、お母さんがお亡くなりになったのは、二十一年前ですよね？　それなら、私の父とお玉さんのお母さんは同じ病にかかったのではないかと、もしやお玉さんは、ご両親をいっぺんに亡くされたのかと思ったのです」

「お父さんの方が先に――ということは、お咲さんも、もうご両親とも亡くされているのですか？」

「はい。父は私が七つの時に、母は十四歳の時に、風邪をこじらせて」

「十四歳で……それはおつらかったでしょう」

「十七歳だって、大して変わりありませんでしょう」

刃傷沙汰なら誠之助のようにその場でか、もっても数日で、ろくに言葉を交わせぬうちに亡くなったのではなかろうか。咲の母親も風邪の引き始めから亡くなるまで八日ほどあったが、既に奉公に出ていた咲が呼ばれたのはこじらせてからで、それからは呆気《あっけ》なかった。

二人してしんみりしたところへ、壱が口を開いた。

「けれども、お二人とも今は良いご縁に恵まれたようで、何よりではないですか」

「あら、では、お咲さんも近々お嫁入りですか？」と、康代。

「あ、いいえ。私の方はそのようなご縁はありません。ですが、親方や長屋の方々、職人仲間、桝田屋のような得意先には恵まれました。それから弟妹がいるんですが、二人とももう所帯を持っておりまして、どちらのお身内も良い方々ばかりなんですよ」

「それはようございました。この子には兄弟はおりませんが、許婚《いいなずけ》はうちの近所の店の者で、私も昔からよく知っている子なんです。その子もお玉と同じく、天涯孤独の身でしてね。だから余計に、早く一緒になるよう、二人を急かしているんですがね……」

そんなら、どうして二人は祝言を先延ばしにしてんだろう？　お壱さんや私みたいに気ままな一人暮らしじゃなくて、互いに天涯孤独だってんなら、尚《なお》のこと――

玉が康代と再び意匠選びを始める傍ら、咲は内心訝《いぶか》った。けれども、私やお壱さんにそれぞれ迷いがあるように、お玉さんやお許婚にも何かしら訳があるんだろう――

すぐさまそう思い至って、咲は「余計な詮索《せんさく》」はすまいと己を戒《いまし》めた。

彦根屋を出ると、咲たちは仲見世の裏手にある菓子屋・はまなす堂《どう》に寄った。ついでに知人宅を訪ねるという壱が、手土産のおすすめを咲に問うたのだ。

「せっかく浅草まで来たのだから、二三、顔を出して行こうと思います。ほら、お咲さんが財布を作った九之助さんのところへも」

九之助が居候《いそうろう》をしている旅籠・郷屋《さとや》は、雷門《かみなりもん》からほど近い田原町《たわらまち》にある。壱は詩歌もたしなんでいて、時折、九之助や粋人《すいじん》の歳永《としなが》を交《まじ》えた歌会に顔を出しているらしい。

「九之助さんか……」

「よろしくお伝えしておきましょうか？」

苦笑を浮かべて問うた壱へ、咲も苦笑で応えた。

「いえ、そのようなお気遣いは無用です」

はまなす堂は由蔵が贔屓《ひいき》にしている菓子屋だ。だが、今からではおやつに間に合わぬ上、由蔵は食欲がないらしい。しばし迷って、咲は金鍔《きんつば》を一つだけ買った。

雷門の前で壱と別れると、咲は南へ歩いて、四半刻ほどで浅草御門を抜けた。

と、目の前を行き交う人の流れに、九之助の姿を認めてぎょっとする。だが九之助は咲に気付くことなく、何やら思い詰めた様子で両国広小路《りょうごくひろこうじ》の方へと歩いて行く。

無駄足を踏む壱は気の毒だが、つまらぬおしゃべりに捕まらずに済んだと胸を撫《な》で下ろしたところへ、今度はしろとましろが目に留まって、咲は再びぎょっとした。

「あんたたち――」

「しっ！」

双子は揃って人差し指を口元にやり、咲を睨《にら》んだ。

「静かにしないと、ばれちゃうだろ」

「九之助に、見つかっちまうだろ」

双子と並んで歩きながら、咲は囁《ささや》いた。

「一体、何やってんのさ。九之助さんには近付かない方がいいって言ったろう」

九之助の背中をちらりと見やって、咲の右隣りの、おそらくましろが応える。

「おいらたちは水破《すっぱ》」

「水破？」

「今日は乱破《らっぱ》」

九之助へ目をやったましろの代わりに、今度はましろの右から、しろが応えた。

「隠密《おんみつ》ごっこでもしてんのかい？」

「ううん、今日はお手伝い」

「秘密のお手伝い」

「お手伝い？」

にやにやしながら交互に応えて、どちらかは九之助から目を離さない。

「お手伝いだから、今日は平気」

「今日はきっと見つからない」

「ふうん」

誰の、なんの「手伝い」かは判らぬが、「秘密」というからには、稲荷大明神の「お遣い」の内なのだろう。さすればなんらかの「御加護」があるに違いないと、勝手に合《が》点《てん》して咲は頷いた。

「ふふふふふ」

「ふふふふふ」

忍び笑いを漏らして、しろとましろは咲に囁いた。

「九之助は近頃、狸《たぬき》の虜《とりこ》なんだぜ」

「今日も狸のことで頭が一杯だから、おいらたちには気付かないんだぜ」

「狸？　狸の虜ってどういうことだい？　狐好きから狸好きに鞍替《くらが》えしたのかい？　それともあの人、狸に憑かれちまったのかい？」

矢継ぎ早に問うた咲を、双子は再び「しっ！」と人差し指を口にやってたしなめた。

「大声出したら、気取られちまう」

「咲は大声だから、気取られちまう」

「大声ってほどじゃないだろう。それより狸ってのは――」

「それは内緒」

「今は秘密」

「……そうかい。内緒で秘密かい」

もう慣れっこゆえに、咲はがっかりしつつも微笑んだ。

「そんなら、せいぜい気を付けておゆき」

囁き声で告げて足を止めると、しろとましろが振り返る。

「合点《がってん》」

「承知」

隠密を真似てか、しかつめらしく応えるものだから、咲は噴き出しそうになる。

「ほら、早く行かないと見失っちまうよ」

「おっと、いけねぇ」

「こいつぁ、いけねぇ」

「じゃあな、咲」

「またな、咲」

小さく手を振って、咲は二人の背中が人混みに紛《まぎ》れて行くまで見送った。

――お花野さんの手伝いかねぇ？

もしくは、虎《とら》さんか……

神鹿の化身と思しき花野の他、双子に虎猫の知己《ちき》がいることを咲は知っている。咲が勝手に「虎さん」と呼んでいるその虎猫もまた、稲荷大明神の眷属《けんぞく》か、少なくとも猫又《ねこまた》だろうと咲は推察していた。

吉川町《よしかわちょう》の角まで来ていた足を返すと、二間と離れていないところにいる女と目が合って、咲は三度《みたび》ぎょっとした。

紫陽花《あじさい》が描かれた着物を着た女は、三味線弾きの紺だった。

「……そうじゃないかと思ったけれど、やっぱりお咲さんでしたか」

「お紺さん。どうも――ご無沙汰《ぶさた》です」

紺と日本橋の袂《たもと》で言い合いになってから、もう一年半ほどになる。

「そんなに驚くこたないでしょうに」と、紺が苦笑を浮かべた。「あの子たちは、前にべったら市で見かけた双子ですね？　あの時は他人のようなこと言っていましたけれど、本当はお咲さんと修次さんの隠し子なんじゃないですか？」

「とんでもない！　あの子たちはよその子ですよ」

あまりの問いに、自ずと声が大きくなった。

「お咲さんたら、声が高い」と、紺は今度はくすくす笑う。「いえね、先だって久方ぶりに修次さんと顔を合わせましてね……ああ、よりを戻したってんじゃないんで、ご安心ください。あたしはあれから別の人とご縁がありまして、今はその人と一緒になって、両国に住んでいるんです」

「それはようございました」

「ええ。それで先日のことなんですが、修次さんも先ほどの双子と一緒でしてね。あたしが声をかける前にあの子たちは行ってしまいましたが、何やら親子のごとく親しげだったんで、もしや隠し子なのかと訊いたんですよ。もちろん修次さんも違うと言いましたけど、今のお咲さんみたいに慌てていたもんだから、ついお咲さんにも問うてみたくなっちゃったんです。実はお二人は昔からの仲で、なんらかの事情で、あの子たちとは離れて暮らしているんじゃないかって……」

「莫迦莫迦しい。前にべったら市で言った通りですよ。あの子たちは、小間物屋で出会ったよその子です。まあ、あれから見かけた折には、先ほどみたいに、お互い声をかけ合うようにはなりましたけどね」

平静を取り戻して言ったものの、紺は「さようですか」と、からかい口調だ。

「ところで、お咲さん。あたしはその後、もう一度修次さんを見かけたんです。深川で、おそらくまだ二十歳《はたち》前の若くて器量好《よ》しの娘さんと二人で、それは楽しそうに街を歩いていましたよ。あたしに気付くと、ばつが悪そうに顔をそらしましたがね」

私を惑わせようとしてんだろうけど、みんながみんな、あんたみたいな焼き餅焼きじゃないんだよ――

嫉妬《しっと》をむき出しにしていた一昨年の紺が思い出されて、咲は思わず微笑んだ。

「さようでしたか。修次さんはもてますからね。どんなお人と一緒にいてもおかしくありません」

つい昨日、駿にも似たようなことを言ったと思い返すと、ますます可笑《おか》しい。

「色恋はさておき、修次さんは仕事でも引っ張りだこで、同じく小間物を扱う職人としちゃ、そっちの方が妬《ねた》ましいですよ」

期待外れな顔になった紺へ暇《いとま》を告げると、咲はわざとゆっくり立ち去った。

戻り道中の柳原で、咲はついでに双子の依代がある稲荷神社に寄った。

みんなが達者《たっしゃ》で暮らせますように。

由蔵さんが、早く良くなりますように……

いつもより長めに祈願して、財布から四文銭を取り出した。

しろとましろは「留守《るす》」だと判っていたが、二匹の神狐の頭をそれぞれ撫でて、足元に一枚ずつ四文銭を置く。

微《かす》かな足音がして振り返ると、鳥居の向こうに修次の姿が見えた。

「よう、お咲さん」

「こりゃまた、次から次へと……あの子たちのご利益かねぇ？」

咲はしろとましろが――二人が知る知らぬにかかわらず――「お遣い」と称して「縁結び」をしているると推察している。ゆえに近頃は、並ならぬ巡り合わせがある度に、二人の仕業《しわざ》ではないかと思うようになった。

「――ってぇこた、しろとましろに会ったのかい？」

「会ったとも。浅草御門前でついさっき。あの子たち、よりにもよって九之助さんをつけてたさ」

「なんだって？」

驚き顔の修次へ、咲は双子のことを伝えた。

話を聞いた修次は、顎《あご》に手をやってくすりとした。

「九之助が虜になるような『狸』ってぇと、あいつかな……？」

「あんた、狸を知ってんのかい？」

「顔を見たことはねぇが、名は知ってらぁ。そいつが、しろとましろが言ってた狸かどうかは定かじゃねぇがな」

「もったいぶらずに教えとくれよ」

「ははは。俺の推《お》し当てでは、魔魅《まみ》団三郎《だんざぶろう》って戯作者だ」

「まみ……？」

　ずっと縫箔に打ち込んできた咲は、手習い指南所で一通り読み書きを教わっただけで、ほとんど書を読んだことがない。よって九之助同様、魔魅団三郎という戯作者も知らなかったが、「まみ」は「魔魅」とも「猸」とも書く、狸の異名の一つであることくらいは知っている。

「九之助さんが九尾狐から名付けたように、団三郎ってのも、狸にかかわりがある名前なのかい？」

「うん。佐渡《さど》には『団三郎狸』っていう化《ば》け狸がいるらしい。佐渡の狸の総大将で、人を化かして悪さもするが、困った人には金を貸してくれることもあるんだとよ。この団三郎狸が狐を追い払ったから、佐渡には狐がいねぇそうだ」

「ふうん、よく知ってるね」

「その昔、兄貴が教えてくれたのさ。狐と狸の化かし合いの、絵草紙を読んでくれた折だったかな……もう二十年近く前の話にならぁ」

　修次は八歳の時に母親を、十五歳の時に父親を、そして六年前、二十一歳の時に兄を亡くして、今は天涯孤独の身である。

「お兄さん、物知りだったんだね」

「まあな。といっても、兄貴は餓鬼《がき》ん頃から親父の跡継ぎとして、鍛冶《かじ》の修業をしていたからよ。指南所に通ったのも三年ほどで、読んでくれたのは仮名《かな》ばかりの絵草紙だった。けどまあ、団三郎狸みてぇな、ちょいとした昔話はよく知ってたな」

それはさておき——と、話を戻した修次曰く、魔魅団三郎は名前から推して知られるように狸贔屓で、子供向けの絵草紙の他、男女の恋物語を書いているらしい。

「俺は聞いただけで読んじゃいねぇが、なかなかの人気戯作者だそうだ。九之助と同じく下野《しもつけ》から来たとも聞いたから、やつは気にかかってんじゃねぇかと思ってよ」

「なるほどね」

「なんにせよ、しろとましろが絡《から》んでんなら、なんだか面白いことになりそうだ。『今は秘密』ってこた、まったくの秘密じゃねぇ。今度あいつらに会ったら、それとなく訊いてみよう」

「うん、そうしておくれ。もしも判ったら、後で私にも教えとくれよ」

「もちろんだ」

修次がお参りを終え、同じく神狐の足元に四文銭を置いてから、咲は問うた。

「こないだの櫛と櫛《くし》入れみたいにさ。また何か、一緒に作らないかい？」

「何かって？　また注文があったのかい？」

「ううん。けど注文じゃなくたって、何か私らがいいと思う物を、作ってみちゃどうかと思ってさ。誰かお客になりそうな人に持ちかけてもいいけれど、私らの作った物ならきっと桝田屋に置いてもらえるし、必ず売れるさ」

「そうだな。俺らの作ったもんなら、必ず買い手がつくだろうな……」

修次はにっこりしたものの、すぐに小さく首を振った。

「だが、今は他の仕事が立て込んでてよ……余計な仕事は受けられそうにねぇ」

「そうかい。そんなら仕方ないね」

笑みを浮かべて咲は引き下がったが、急速に膨《ふく》らみ、しぼんだ胸を持て余した。

己と違って、修次は売れっ子だ。仕事もよりどりみどりどころか、それこそ自分が好きな物だけを作っても、買い手に困らぬことだろう。

羨ましさももちろんあるが、「余計な仕事」と言われたことがどこか寂しい。

一緒に小道を上がったところで、修次が早々に暇を告げる。

「じゃあ、またな」

「うん、またそのうちに」

昨日と同じ言葉を咲が返すや否や、修次は柳原を東へ折れた。

てっきり新銀町《しんしろがねちょう》の長屋へ帰ると思っていたため、咲はしばしぽかんとして、足早に去って行く修次を見送った。

仕事が立て込んでんじゃないのかい――

客との相談や仕入れ、気晴らしなど、外出も仕事の内やもしれないが、何やら腑《ふ》に落ちずに胸中でつぶやいた。

同時に思い出された紺の話を打ち消すべく、咲は小さく頭を振って家路に就《つ》いた。

◎

隣りの福久に訊ねてみると、由蔵は今日もおやつに顔を出さなかったそうである。

具合次第で金鍔は由蔵に渡そうと思っていたが、それならそっとしておこうと、咲は静かに自分の家に戻った。

一人でひっそり金鍔を食《は》むと、浅草へ行って帰った疲れがじわりと和らぐ。

金鍔を食べ終えるとすぐに二階に上がり、咲は早速、初嵐の守り袋を縫《ぬ》い始めた。

修次に合作を断られたことは残念であり、由蔵の具合も気になるが、針を手にするとすぅっと気持ちが落ち着いた。

年の功というよりも、縫箔への愛情ゆえだろう。こうした時には改めて、縫箔に出会えたこと、学べたこと、そして生業《なりわい》にできたことに感謝の念を禁じ得ない。

「好きこそ物の上手なれ」といわれるように、縫い物を好んでいた咲は、縫箔を夢中で学び、物にした。だからといって縫箔を――それも女が――生業にすることは生半《なまなか》ではなく、暮らしがかかっているゆえに、時に焦《あせ》りがなくもない。それでも、生業にしていこうという気概と、一針たりともおろそかにすまいという職人の矜持《きょうじ》、そしていまだ変わらぬ縫箔への愛情は、常に仕事に彩《いろど》りと喜びを咲にもたらしてきた。

思い通りに針を操り、思い描いた意匠が少しずつ形になっていくだけで、胸が浮き立ち、顔がほころんでいく。

翌日も、その次の日も朝から仕事に勤《いそ》しんでいると、昼下がりに勘吉の呼び声がした。

「おさきさん、おさきさん」

「はいよ」

勘吉に合わせていつもより小声で応えて、咲は梯子を下りて行く。

「おさきさん、おさきさん、おきゃくさん」

「はいはい」

「おばあさんと、おんなのひとと、ちっちゃいこ」

「お婆さんと……？」

戸口を見やると、勘吉の後ろから、まさと、幼子《おさなご》を背負った見知らぬ女が姿を現した。

老婆のまさは典馬と同じ長屋の店子で、柳川の給仕のつるの居候先でもある。

「勘吉、覚えてないかい？　おまささんだよ。ほら、去年あんたが迷子になった時にお世話になった」

勘吉がまさと顔を合わせたのは一度きりで、昨年の睦月のことである。

「おいら、まいごになんかなってないよ」

「なった、なった。勝手に長屋を出たら駄目だって、おっかさんとおとっつぁんに、後でこってり叱《しか》られたじゃないか」

「かってにながやをでちゃだめだけど……おいら、まいごになった？」

「なった、なった。おっかさんに聞いてみな」

小首をかしげた勘吉を家に帰すと、咲はまさたちを招き入れる。

「お咲さん、この人はお朋《とも》さんていってね。今日はこの人の子供のために、守り袋を注文しに来たんだよ」

「さようで……」

朋の子供は、昨年生まれた賢吉よりもやや大きい。昼寝の途中らしく、畳《たたみ》の上に寝かせると束の間むにゃむにゃしたものの、すぐに再び健《すこ》やかな寝息を立て始める。

「二つか、三つくらいですか？」

問うた途端《とたん》に、推し当てが一つ閃《ひらめ》いた。

この子はもしや、典馬さんの隠し子じゃ……？

朋も二十二、三歳で、壱に告げ口したおかみが言っていた歳と合っている。

「三つだよ」と、朋の代わりにまさが応える。「冬に生まれたから、まだちょいと小さいけれど、男の子でね。名を泰助《たいすけ》っていうんだよ」

声を震わせて、まさは懐《ふところ》から手ぬぐいを取り出した。

「すまないね。ああ、心配いらないよ。なんだかもう嬉しくってさ……」

「嬉しい、と仰いますと？」

壱は、典馬やまさの長屋では「典馬をもてあそぶな」だの「早く嫁にこい」だの、口うるさく言われているらしい。

おまささんは違うと思っていたけれど――と、咲は内心考え込んだ。

実はおまささんも、お壱さんが典馬さんと一緒にならないことが不満で、典馬さんがお朋さんとよりを戻すことを望んでいるんだろうか……？

だが、まさの返答は、咲が思いも寄らぬものだった。

「私の長男がさ、大川《おおかわ》で死んじまったって話を覚えてるかい？」

「もちろんです。舟から落ちた子供を助けようとして飛び込んで、子供は無事に舟に乗せたけど、大川はその前の大雨で水が増してたから、息子さんはそのまま流されてしまったって……」

「そうそう。お朋さんは、その時に息子が助けた子なんだよ。典坊と同い年だから、あの時七つだったんだけど、今はこんなに大きくなってさ……無事に子供も授かったってんで、わざわざ挨拶に来てくれたんだよ」

「すっかり遅くなってしまいましたが……」

「そんなこたないよ」

にっこりしたまさの隣りで小さく頭を振ってから、朋は咲の方を向いて言った。

「ずっと……ずっと不義理をしてきたんです」

唇《くちびる》を嚙《か》み締めてから、朋は再び口を開いた。

「大川で助けてもらった時、私は舟の上で気を失ってしまったので、あのあと太助《たすけ》さんがお亡くなりになったことを知りませんでした。私があれから水を怖がるようになったこともあって、親兄弟や近所の人もあえて言わなくてもよかろうと黙っていたようで」

「太助さん――おまささんの息子さんは、太助さんっていうんですね？」

「そうだよ」と、手ぬぐいを目にやって、まさが応える。

「それなら、泰助さんの名は――」

「太助を思い出して、お朋さんが名付けてくれたのさ。旦那さんが泰二《たいじ》さんって名前でね。泰二さんの泰と、太助の助で、泰助にしてくれたんだよ」

朋は太助の死は知らなかったが、「子供の頃、溺《おぼ》れていた自分を助けてくれた者」として、時折その名を聞いていた。ゆえに身ごもった時、赤子が男児だったら、太助から一文字もらってはどうかと夫と話し合ったという。

「そのことを両親に話した時にようやく、太助さんがあの時、亡くなっていたと聞いたんです。長年、知らずにのうのうと暮らしてきたなんて、本当に申し訳なくて……赤子が生まれて落ち着いたら、うちの人とお礼とお詫《わ》びにお伺いしようと話していて、去年の睦月にご家族を訪ねて来たんですけれど……」

浅草住まいの朋たちは神田をよく知らず、まさの長屋がある松枝町よりずっと東の富《とみ》松町《まつちょう》の番屋で道を訊ねたが、番人は松枝町はともかく、長屋の詳しい場所は知らなかった。だが、そこへ折よく空駕籠を担《かつ》いだ典馬が通りかかり、典馬が松枝町の者だと知っていた番人が呼び止めたという。

「典馬さんが――」

「はい。でも典馬さんと話して、既におまささんが太助さんの前に既に二人の息子さんを亡くしていたこと、旦那さんも前の年に――泰助が生まれてまもなく――亡くなって、今は一人暮らしをしていることを知ったんです」

「ちょうど、おつるさんがうちで暮らし始める前だったみたいだね」と、まさ。

「私たちばかり仕合わせで悪いから……親子三人で訪ねて行っては嫌みになりかねないからと、うちの人と話し合って、遠くから太助さんの冥福《めいふく》とおまささんの仕合わせを祈ることにして、私たちは結句おまささんには会わずに浅草へ引き返しました。そしたら先日、この子と出かけた浅草広小路で典馬さんにばったりお目にかかりまして……」

なるほど——と、咲は合点した。

その時に噂好きのおかみさんに見られたのか……

寿に志郎の不貞《ふてい》を仄《ほの》めかした「おかみ」と同じく、壱の長屋の表店の「おかみ」も、浅草を訪ねた折に典馬と朋を見かけたのだろう。

典馬は、朋たちが長屋へ行かなかったことを知っていた。

——あの日、おまささんはさぞ喜んだだろうと思ったのによ。長屋に帰ってもそういう話が出ねぇから、おかしいと思ってよ。それとなく訊いてみたら、誰も訪ねて来なかったって言うじゃねぇか。だから、道中で何かあったのかと案じてたのさ——

もしもなんらかの不幸があったなら、まさが気に病むだろうと、典馬はまさに朋たちのことは話さなかったそうである。

朋が引き返した理由を話すと、典馬は笑った。

――嫌みだなんて、とんでもねぇ。お前さんの仕合わせは、おまささんの仕合わせさ。おまささんはそういうお人だ。おまささんはお前さんを恨《うら》んじゃいねぇ。太助さんが命懸《が》けで救った子供が無事に育って、いまや立派なおかみさん――いや、おっかさんにまでなってんだ。その子の名前を聞いたら、おまささん、きっと嬉しくて泣き出すぜ。だが、こういう話は人伝だと野暮《やぼ》になっちまう。だからよ……頼むから、お前さんが直《じか》に伝えてやってくれ――

「それで、うちの人の仕事の都合で今日になってしまいましたが、お伺いしたんです」

「お昼前に来たから、柳川に連れてってたんだよ」

まさは長屋の皆に慕《した》われているが、つると引き合わせることで、家族を失っても一人ではないと、同情は無用だと、朋たちに伝えたかったようである。

「泰二さんは仕事があるから昼餉の後に帰っちまったけど、お二人が何かお礼をしたいって言うからさ。そんなら、この子の守り袋を一緒に買わせて欲しいと頼んだのさ。お咲さんの守り袋は、贈り物にするには、私にはちょいとお高いからねぇ。お代はお朋さんたちと半分こってことで」

朋と泰二は浅草で菜屋《さいや》を営《いとな》んでいるという。菜屋は煮染屋《にしめや》とも呼ばれる通り、豆や豆腐、蒟蒻《こんにゃく》の他、蓮根《れんこん》やごぼうなど野菜を煮染めた物を主に売っている。

「柳川では信太《しのだ》を食べたんですけど、お揚げがとっても美味《おい》しくて——煮物にうるさいうちの人も舌鼓《したつづみ》を打っていました」

朋の言葉に、咲は大きく頷いた。

「あすこのお揚げは絶品ですからね。私も柳川の信太が大好物なんですよ。浅草からじゃちょいと手間だけど、またそのうち食べに行っておくんなさい」

「ええ、そう遠くないうちに——また、おまささんとご一緒に」

「ありがたいことさ。でも、まずは守り袋だよ。この子は子年《ね》生まれだから、鼠《ねずみ》に松を合わせちゃどうかって、道中話してたんだけどね」

「いいですね」

大黒神の遣いといわれている鼠は子孫繁栄や商売繁盛、神が宿るといわれている松は不老長寿の縁起物だ。

早速、墨《すみ》を支度して、咲はいくつか思いついた意匠を二人の前で描き始めた。


守り袋はいつも、身につける者の無事を祈りながら縫っている。

加えて、注文主や身につける者が前もって判っている時は、咲はその者たちの思いをできるだけ汲み取ろうとしてきた。

守りたい者。

守られる者。

それぞれの思いを少しでも「形」にするべく、針を動かしていく。

初嵐の注文主の康代は女将としてではなく、亡き友にして玉の母親の代わりに――なんなら亡き父親の分をも併せて――「親」として玉を愛しているようだった。

四歳の子をおいて病に死した母親と、年頃の娘をおいて刃傷沙汰で死した父親と……

だが、守り袋には無念は無用だ。

時に幼き玉を――父親が買って来た初嵐と白玉の花を愛《め》でる親子三人を、時に彦根屋で多少の遠慮を交えながらも、互いを慈《いつく》しみ合う康代と玉を思い浮かべながら、咲は初嵐の守り袋を縫い上げた。

更に瑞香堂の匂い袋を二つ仕上げ、無事に帯祝いを済ませた翌日の皐月朔日《さつきさくじつ》に、咲は日本橋へ向かった。

五ツ前に着いた桝田屋は、まだ暖簾を出していない。よって、咲は座敷ではなく、店内の上がりかまちで初嵐の守り袋を取り出した。

「愛らしいわ。地色の鴇浅葱《ときあさぎ》がまたいいわね。花びらの白と葉の緑が映《は》えるもの」

「刺繍《ししゆう》なのに、こんなに花びらが柔らかく見えるなんて驚きよ」

並んで座った美弥と寿の後ろから、志郎も顔を覗かせる。

「お咲さんは細かく糸や針目を変えて、影をしっかりつけていますからね。花びらの柔らかさもそうですが、葉の硬さが出ているところや、照りまで入れているところが実に見事だ。これなら、お玉さんもさぞお喜びになることでしょう」

美弥や寿の言葉も嬉しいが、聞き慣れぬ志郎の称賛に咲はついにやけそうになる。が、はたと気付いて、咲は志郎を振り向いた。

「どうして、この守り袋がお玉さんへの贈り物だとご存じなんですか？」

美弥から聞いた限りでは、注文は康代自身のもののようで、咲は彦根屋を訪れるまで玉への贈り物だとは知らなかった。

「そ、それは康代さんからお聞きして……」

「あら」と、寿が眉をひそめる。「注文にいらした時は、お玉さんなんて人の名前は聞かなかったわよ」

「あのあと、浅草へ届け物に行った折に、彦根屋にも寄ったんです。その時にお聞きしたんですよ」

平静さを取り戻して志郎は言ったが、咲は寿と共に疑いの目を向けた。

寿と見交わしたのち、咲は切り出した。

「……もしや志郎さんが先だって仲見世でご一緒だったのは、お玉さんですか？」

「そうですよ」

驚いたことに、志郎より先に美弥が応えた。

「彦根屋に寄ったついでに、お土産を買おうと思って、はまなす堂のことを訊ねたんですって」

「その通りです」と、志郎も頷く。「お咲さんから金鍔が美味しいとお聞きしていたので、お美弥とお寿さんに土産にしようと思いまして。そしたら、康代さんがお玉さんに、私を案内がてら、店の皆さんにも金鍔を買って来るよう頼んだんですよ。せっかくですから浅草寺にも一緒にお参りしましたが、それだけのことです」

「じゃあ、お美弥さんも、お玉さんのことはご存じだったんですね？」

「もちろんよ。その日のうちに、志郎さんから話を聞いたわ」

「なんだ。それなら、何も案ずることなかったんですね」

やっぱり、志郎さんは浮気なんてする人じゃなかった――

咲が安堵する傍《かたわ》らで、寿は美弥を、それから志郎をじぃっと見つめた。

「私は何も聞かなかったわ。金鍔はいただいたけど、志郎さん、あなた、私にはお玉さんのことはこれっぽっちも口にしなかったわね？」

「変に疑われたくなかったからですよ。現に、お寿さんはお疑いになったでしょう。私がまるで不義を働いたかのごとく――」

「嘘を仰い」

志郎を遮って、寿はぴしゃりと言った。

「あなたたちは二人とも、まだ何か隠しているでしょう？　私の目は誤魔化されませんよ。長い付き合いなんだから」

志郎ばかりか、美弥の目も微かに泳いだ。

と同時に、咲は思い出した。

お玉さんのお父さんは「刃傷沙汰」で、お玉さんが十七歳の時に亡くなった――玉は二十五歳だから、父親が死したのは八年前で、誠之助が――美弥の前夫が亡くなった年と同じである。

誠之助はとばっちりで、下手人の標的は隣りの縁台にいた男だった。

――なんでも、娘さんを騙《だま》くらかして出合茶屋に連れ込んだとか――

寿から聞いた言葉も思い出されて、咲は眉をひそめた。

もしや。

お玉さんは下手人の――誠之助さんを殺した人の娘では――？

ただの閃きだが、だとしたら志郎と美弥が玉のことを寿に隠していてもおかしくない。

「お咲さん。お咲さんも何かご存じなのね？」

きっとして、寿は咲へ矛先《ほこさき》を変えた。

「私は、その……」

「ひどいわ。私だけ蚊帳《かや》の外なんて」

「お義母さん、そんなつもりでは……」と、美弥が取りなすも、

「じゃあ、なんなのよ？」と、寿はむくれて更に問い詰める。

しばし顔を見合わせて、結句、志郎と美弥は口を割った。

はたして咲の閃き通り、玉は誠之助を殺した男の娘だった。

咲は知らなかったが、志郎の話によると、玉の父親の名は寛平《かんぺい》、殺された男の名は幸《こう》四郎《しろう》というらしい。

「お寿さんもご存じの通り、幸四郎はまだ十七歳だったお玉さんを騙して出合茶屋に連れ込みました」

これも咲は詳しくは知らなかったが、当時二十歳だった幸四郎は、道端で具合が悪い

振りをして、かねてから狙いをつけていた玉に助けを求め、言葉巧《たく》みに言い包《くる》めて、知り合いが営む出合茶屋に連れ込んだそうである。

手込めにされた玉は運悪く身ごもってしまい――だが、半年後に流産した。この流産が祟《たた》って玉は身体を壊し、更に苦しんだ。

そんな玉が不憫《ふびん》で、父親の寛平は一度は諦めた犯人を捕らえるべく、出合茶屋を密かに調べ始めた。出合茶屋の店主は幸四郎を「行きずりの男」として知らぬ存ぜぬを貫いていたが、寛平はぐるだと踏んでいたのである。そうしてようやく出合茶屋で働く者から事の次第と幸四郎の行きつけの店を聞き出した寛平は、件《くだん》の居酒屋に乗り込んだ。

――匕首は道中で手に入れました。脅《おど》すだけのつもりでした。脅して、番屋に連れて行こうと……けれどもあいつはあっしの顔を見知っていて、あっしを悪人呼ばわりして周りの客に助けを求めました。それであっしは頭に血が上っちまって――あの人は訳を聞こうとしてくれたんですが、あいつが逃げる素振りを見せたんで、このまま逃がしちゃならねぇと一心不乱であんなことに――

そう述べた寛平には同情の声がなくもなかった。のちに幸四郎の余罪も明らかになったものの、玉が生きていて「仇討《あだう》ち」とはいえぬこと、誠之助まで寛平の匕首で死したことから死罪となった。

「寛平が裁かれた後、康代さんがお玉さんを引き取ったそうです。お玉さんは一年ほど養生して身体を治し、彦根屋で働き始めました。お玉さんの事情を知っている康代さんは、ずっとうちの店を避けていましたが、おととしから折々にいらっしゃるようになりました。うちを探るために」

「うちを探る？　なんのために？」

「お美弥が達者でいるかどうか、仕合わせでいるかどうか、知りたかったそうです」

「どうしてそんな……」

寿が小首をかしげる中、咲は先日の朋の言葉を思い出した。

――私たちばかり仕合わせで悪いから――

「お玉さんはずっと自分を責めてきたのです。自分が幸四郎に騙されなければ、身ごもらなければ、身体を壊さなければ、父親は人を殺《あや》めずに、誠之助さんは死なずに済んだのではないかと……ゆえに、お美弥が達者でいなければ、お美弥が仕合わせを取り戻すまでは、自分も仕合わせになってはならないと、ずっと自分を戒めてきたそうです」

志郎に代わって、美弥が続けた。

「お玉さんは、おとしようやく、気になる人と相思になったんですって。その人はご近所のお店で働いていて、康代さんもよく知っている人で……その人はお玉さんの事情を知って、祝言は急がないから、お玉さんがよしとした時に、と言っているそうです」

康代は昨年、美弥たちが祝言を挙げたと聞いて、玉にも祝言を勧めたが、玉は首を振った。美弥が本当に幸せかどうか、見極めてからと言ったのだ。

「私が身ごもったと知って、康代さんは再び祝言を勧めたそうです。でも、お玉さんは私があのあと流産したことも気に病んでいて、お産が無事に終わるまでは、母子共に大丈夫だと判るまでは、と先延ばしにしているそうなんです」

康代が玉を志郎と一緒にはまなす堂へやったのは、志郎が美弥の伴侶《はんりよ》としてふさわしいかどうか、直に探らせようとしたかららしい。志郎は寛平が口にした娘の名を覚えていたため、玉と話をするうちに、その身元に気付いたという。

私に下描きを届けさせたのも、他人の口から、お美弥さんがいかに仕合わせか、お玉さんに伝えたかったんだろう――

「……見くびらないでちょうだい」

声は低いが、眉間《みけん》の皺《しわ》を深くして寿は怒りを露《あら》わにした。

「お玉さんのことは判ったわ。どうして、あなたたちが隠していたのかも見当がつくわ。お玉さんは誠之助を殺した男の娘だから、お玉さんのことを聞いたら私が嫌な思いをすると――なんなら、お玉さんを逆恨《さかうら》みするとでも思ったんでしょう？　私はそんな狭量な人間じゃありませんよ。娘さんと父親は別人だって、ちゃんとわきまえています。まったくあなたたちときたら……長い付き合いなのに、私をそんな風に疑うなんてあんまりよ！」

　寿の剣幕に、美弥と志郎はすぐさま頭を下げた。

「ごめんなさい、お義母さん」

「申し訳ありません」

「お義母さんなら、お玉さんを恨むような真似はしないと思っていたんですけれど」

「あえてお知らせしなくてもよいだろうと、お美弥と話しておりまして……」

　口々に陳謝する美弥と志郎を、再び交互にじぃっと見つめて、寿はゆっくり口角を上げた。

「……いいでしょう。あなたたちの気遣いも判らないでもないですからね。此度は許して差し上げます」

　仰々《ぎょうぎょう》しい言葉とは裏腹に、寿は更ににんまりとした。

「それより志郎さん。先ほどから気になっていたのだけれど、あなた、とうとうお美弥さんを呼び捨てにするようになったのね？」

「ええ、まあ、朔日ですから」

「朔日だから？」

思わぬ返答に、咲も寿と声を揃えて問い返す。

「その……子供も生まれることですし、今少し夫婦らしい呼び方にして欲しいとお美弥が言うので、切り良く皐月朔日からそうしようと約束していたんです」

滅多に見られぬ志郎の照れた様子に、咲もついにやにやしてしまう。

「まあ、志郎さんたら上出来よ」と、寿もご満悦《まんえつ》だ。

「ついでに、お寿さんのことも、お美弥と同じように『お義母さん』とお呼びしてもいいですか？」

「えっ？」

「私も親兄弟は皆、とうに亡くしてしまいましたので……ああでも、お寿さんがお嫌なら別にいいんです」

「もう、志郎さんたら！　いいに決まってるじゃないの……嬉しいわ」

声を震わせた寿が、さっと袖《そで》を目にやった。

「お義母さん？」

美弥と志郎の声が重なって、寿は笑いながらも再び袖で目元を拭《ぬぐ》う。

血はつながっていないものの、紛れもない「家族」の絆《きずな》がそこにあった。

桝田屋を辞去して上槇町へ向かうと、瑞香堂の前に、開店を待つ典馬の姿があった。

「典馬さん、またお遣いかい？」

典馬とは如月にも瑞香堂で顔を合わせていた。得意先の遣いとやらで、練香を買いに来ていたのである。

咲を認めて、典馬が苦笑を浮かべる。

「そうですが、そんなことより、ひでぇじゃねぇですか、お咲さん」

「私が？　何が？」

「おまささんから聞きやしたぜ。お咲さんとお壱と二人して、俺の浮気や隠し子を疑ってたって」

「ありゃ、お壱さんが表店のおかみさんから聞いた話さ」

「けど、二人ともちょびっとは信じたんでしょう？」

「そりゃ、ちょびっとは――若気の至りってこともあるだろうしね」

壱の言葉を借りて言うと、典馬はわざとらしくむくれ顔を作った。

「あんまりだ。お壱も、お咲さんも。俺ぁ、お壱一筋だってのに」

「そういうこた、お壱さんに直にお言いよ」

「言いやしたとも。よーく言っておきやした。ついでに件のおかみさんにも」

「ははは、いいねぇ、典馬さんはまっすぐで」

「けど、妻問いはまた断られちまいやした。夫婦になれば、妙な誤解もされねぇで済むってぇのに……どうしてだと思います？　お咲さん？」

「はははは。私に聞いても無駄だよ、典馬さん。人の思いはそれぞれだもの」

「ちぇっ。こちとら笑いごとじゃねぇんでさ」

典馬が眉尻を下げたところへ、店主の聡一郎が自ら暖簾をかけに表へ出て来た。

奥の座敷で匂い袋を納めると、咲はさっさと腰を上げた。

典馬の姿はもうなかったが、ちらほらしている客の一人が聡一郎に声をかける。

「聡一郎さん、そりゃもしかして……」

「うちの匂い袋です」

「よかった！　早くに来た甲斐《かい》があったよ」

「娘さんがご所望でしたね」

「そうなんだ」

嬉しそうに頷く客を横目に、咲は聡一郎と会釈を交わして瑞香堂を後にした。

戻り道中で十軒店《じっけんだな》の近くの茶屋・松葉屋《まつばや》へ目をやるも、修次の姿は見当たらない。しかし松葉屋の少し先に、しろとましろの姿を見つけて咲はにんまりとした。

やっぱりね。

こういう日は、あの子らがうろちょろしてると思ったよ――

桝田屋で志郎と玉の思わぬかかわりを聞いたばかりか、瑞香堂で図らずも典馬と鉢合わせたからである。

双子は何やら、火消しのごとき大男と話し込んでいる。声をかけるか否か、迷った咲が足を緩めた矢先、男は二人の頭をそれぞれ撫でて、通町を北へと去って行った。

「しろにましろ」

揃って振り向いた双子のところへ、咲は今度は足を早めた。

「おはよう、咲」

「おはようさん」

口々に、にこにこしながら、しろとましろは咲を見上げた。

「おはようさん。ご機嫌《きげん》だね、あんたたち。お遣いがうまくいったのかい？」

「お遣いじゃなくて、お手伝い」

「おいらたち、うまくお手伝いできた」

「だから褒められた」

「よくやったって褒められた」

「褒められたって——さっきのお人にかい？　火消しみたいな人だったけど……」

咲が問うと、二人は顔を見合わせて、ひそひそ耳打ちし合ったのちに再び見上げる。

「そう。あの人は火消しみたいな人」

「火事の時もおいらたちを助けてくれた」

「火事の時……」

睦月に起きた大火事で、しろとましろはお遣いがてら、人や動物たちを「お手伝い」したと聞いている。

察するに、あのお人も、あの火事で火消しを手伝ったんだろう。でもって、しろとましろを覚えていて、通りすがりに労《ねぎら》ったんだろう——と、咲は内心合点した。

ふと己も二人を労いたくなって、咲は言った。

「これから五十嵐に行くんだけどさ。あんたたちも一緒に行くかい？　何かお菓子を一つ馳走したげる」

「お菓子？」

「五十嵐の？」と、目を輝かせて双子が問い返す。

「うん。昨日は戌の日で、お桂さんの帯祝いに亀戸まで出かけたからさ。遠出でお桂さんは疲れたろうから、ちょっと心配でね」

というのは今思いついた方便だったが、先日、由蔵が金鍔を食べ損ねたのを残念がっていたこともあり、何か土産を買おうと咲は思った。由蔵は平癒にはほど遠いが、この数日は調子がいいようで、ぽつぽつ仕事をこなし、おやつにも顔を出している。

だが、しろとましろは、途端に面白くない顔をしてつぶやいた。

「戌の日かぁ……」

「昨日は戌の日だったのかぁ……」

「戌の日がなんだってんだい？　あんたたち、犬とも仲良しこよしだって言ってたじゃないか」

「そうだけど、十二支はつまんない」

「十二種だけなんてつまんない」

「狐がいない」

「猫もいない」

「鹿《しか》も」

「狸もいないなんて」

揃ってむくれる二人に、咲はくつくつと笑い出す。

「そうか。言われてみりゃあそうだねぇ。そんならお菓子はいらないかい?」

「いる」

「お菓子はいる」

即座に応えて、双子は今度は揃って小首をかしげた。

「でも、帯祝いって何?」

「犬は帯なんてしてないよ?」

「帯祝いってのはね……」

そのいわれを話し始めると、改めて喜びがこみ上げてくる。

顔をほころばせながら、咲はしろとましろを五十嵐へといざなった。

第二話　昔の男

「えっ？　また着物の注文が？」

「ええ。それで、近々店に寄って欲しいと仰《おつしや》ってたわ」

「寄りますよ。今日、今からすぐに」

美弥《みや》から話を聞くと、咲《さき》は喜び勇《いさ》んで、早々に腰を上げた。

先ほど納めた守り袋は干支《えと》の寅《とら》を意匠《いしよう》にした一つのみだが、まさと朋《とも》の注文で作った鼠《ねずみ》に松を合わせた守り袋も見せた。守り袋は桝田屋《ますだや》にしか卸《おろ》さぬ約束ゆえに、長屋の者を含めた「身内」の注文以外は、桝田屋に取り分を渡している。守り袋の二つに時を費《つい》やしたため、瑞香堂《ずいこうどう》の匂《にお》い袋の納品は次に持ち越すことにしていた。

小満《しようまん》を過ぎて半月余り、皐月《さつき》も十日目になった。庭木は一層青々しくなり、晴れていてもどことなく湿り気がある。

万町《よろずちよう》から折り返して日本橋《にほんばし》を北へ渡り、通町《とおりちよう》を十軒店《じつけんだな》まで早足でゆく。

着物といっても人形の物で、注文主は人形屋・月白堂《つきしろどう》だ。月白堂の店主にして人形師の四代目楠本英治郎《くすもとえいじろう》とは、昨年の師走《しわす》にも仕事を共にしている。この四代目が実は貴《たか》という名の女であることは、月白堂の身内の他は、咲しか知らない秘密であった。

月白堂の前には人だかりができていた。月白堂ではからくり人形も手がけていて、時にそれらを店先で披露《ひろう》しているが、今日は人形遣いが来ているようだ。

人だかりの後ろから覗《のぞ》いてみると、狐《きつね》と狸《たぬき》の人形が見える。

そんならきっと、あの子らも――と、更に覗いてみると、案の定、老齢の人形遣いの真ん前で、しろとましろが目を皿のようにして見物している。

芝居《しばい》は始まったばかりのようで、互いの変化《へんげ》を褒《ほ》め合っていた狐と狸が、やがて自分の化《ば》け方を自慢《じまん》するようになり、「化けくらべ」をしようといがみ合っていく。

「――喧嘩腰《けんかごし》のまま狸が言いました。『狐どんが勝ったら、儂《わし》が村を出て行こう。だが、儂が勝ったら、狐どんが出て行くんだぞ!』。すると狐も引き下がることなく、『判《わか》った。目に物を見せてやるからな!』と受けて立ったのです」

次の日、狸が狐の住処《すみか》の神社に行くと、社《やしろ》の前に好物の小豆飯《あずきめし》があった。狸がこれ幸いと、狐が現れる前に腹ごしらえしようとしたところ、小豆飯は狐の姿に変わって狸を嘲笑《ちょうしょう》した。しかしながら、更に次の日、狐が狸の住処の寺へ行くと、お堂の前に油揚《あぶらあ》げがあった。油揚げが好物の狐もまた、狸が現れる前に腹ごしらえしようとしたが、油揚げは狸に変わり、狐を嘲笑《あざわら》った。

「……よって、勝負は引き分けとなりました。それからも狐と狸はそれぞれ変化の術を磨いて、やがてどちらも『化け名人』と呼ばれるまでになったとさ」

人形遣いがそう締めくくり、人だかりが散り始めてから、咲は双子に声をかけた。

「しろ、ましろ」

「咲だ」

「咲もいた」

「咲も見た？」

「咲も今の見た？」

「うん。狐も狸も、どっちも名人になってよかったね」

頷《うなず》いて咲はにっこりしたが、双子は不満顔である。

「狐も狸も、もとから変化は名人なんだぞ」

「どっちも名人だから、あんなことで喧嘩しないんだぞ」

「そうかい？　でも狐と狸ってのは、仲が悪いんじゃないのかい？」

此度《こたび》の話では丸く収まったが、咲が知っている他の「化けくらべ」では、狸が狐をうまく騙《だま》して、「大名行列」や「猟師《りょうし》」を狸だと思い込まされた狐は、無礼討ちに遭《あ》ったり、猟師に撃たれたりと散々だった。

だが、しろとましろはみるみる眉間《みけん》の皺《しわ》を深くした。

「そんなことないぞ」

「狐と狸は仲良しなんだぞ」

そういえば——と、咲は双子が先だって、干支に狐ばかりか猫や鹿《しか》、狸がいないとこぼしていたことを思い出した。

「ふうん。狐と狸は、ほんとは仲良しだったのか……知らなかったよ。教えてくれてありがとう」

咲が取りなすと、しろとましろはしかめっ面《つら》を緩めて頷いた。

「そう。ほんとは仲良しなんだ」

「とってもとっても仲良しなんだ」

「ほほう」と、口を挟んだのは人形遣いだ。「けれども、ほんとは変化は狸の方が上なんじゃろう？　『狐七化け、狸は八化け』っていうからのう」

腹を立てるかと思いきや、双子は少々残念そうに頷いた。

「ちょびっとだけ」

「ほんのちょびっとだけ、狸が上手」

「そうか、そうか。あの俚諺《りげん》はまことじゃったか。なら、『狐に小豆飯』はどうじゃ？

先ほどの芝居は京の昔話じゃが、あの話では小豆飯は狸の好物になっておるでな。儂《わし》は
あの話を知るまでずっと、小豆飯は狐の好物だと思うとった」

「狸も小豆飯が好き」

「狐と同じくらい好き」

「殊《こと》に京の狸は」

「そうそう、殊に京の狸は……ふふふふ」

頷き合って、双子は忍び笑いを漏《も》らした。

「ほうほう。坊たちはよう知っとるのう」

人形遣いが感心すると、しろとましろは得意げに胸を張った。

「うん、おいらたち知ってるんだ」

「いろいろ知ってるんだ」

「そうか、そうか……」

相好《そうごう》を崩して人形遣いは繰り返し、次の出し物の支度《したく》にかかった。

「さて、私も仕事にかかろうかね。今日はここで商談があるんだよ。そういや、あんた
たち、近頃修次《ちかごろしゅうじ》さんを見かけたかい？」

咲の問いに、双子は揃《そろ》って首を振る。

「修次は忙しい」

「仕事と喜兵衛《きへえ》のことで忙しい」

「そうかい……あんたたちはどうなんだい？　今日はのんびりしてていいのかい？」

「い、いけない」

「よくない」

「おいらたち、もう行かないと」

「早く行かないと」

顔を見合わせてから、慌てた双子は暇《いとま》も告《つ》げずに駆け出した。

「やれやれ」

こちらは人形遣いと顔を見合わせて苦笑を漏らすと、その向こうの月白堂の暖簾《のれん》から、文七《ぶんしち》が現れて咲に微笑《ほほえ》んだ。

「お咲さん、どうぞ中へ」

文七は貴の夫だが、月白堂はもともと四代目英治郎を名乗る貴と、その妹の順《じゅん》、順の夫にしてからくり人形師の健志《たけし》、それから文七の四人だけで営《いとな》んできた。よって、文七は一奉公人から「旦那《だんな》」に昇格したのちも、変わらず売り子として店に出ている。

貴も変わらず月白堂で人形を作り続けているものの、表向き「四代目楠本英治郎」は「三代目の孫娘の貴」と入れ替わりに、向島《むこうじま》の家に移ったことになっていた。

奥の座敷で待つことしばし、文七に呼ばれて貴がやって来た。

「お咲さん、ご無沙汰《ぶさた》しております」

「こちらこそ」

美弥と同じ頃に身ごもった貴の腹も、もう大分膨《ふく》らんでいる。

「楽しみですね」

「はい。ですが、その前にもう一仕事しようかと。お咲さんは、桜井隆之介《さくらいりゆうのすけ》という役者をご存じですか?」

「いえ……芝居や役者には、とんと疎《うと》くて。市川團十郎《いちかわだんじゆうろう》や松本幸四郎《まつもとこうしろう》の錦絵《にしきえ》は見たことがありますが、芝居を見に行ったこともありません」

「そうでしたか。私も四代目となってからこの十年余りは、ほとんど家に閉じこもっていたので、芝居小屋に足を運んでおりません。よかったら一緒に観《み》に行きませんか?」

「その桜井隆之介という役者をですか?」

「隆之介と、その芝居をです。此度の注文は隆之介の人形で、注文主は志津屋《しづや》という南《みなみ》新堀町《しんぼりちよう》の廻船《かいせん》問屋の女将《おかみ》でして、十六日のお芝居に招いてくださったんです」

「私もいいんですか?」

「もちろんです。着物はお咲さんに頼もうと考えていると先方に告げた際、よろしければご一緒にと言われました。ああ、『英治郎』は人嫌いですので、妹の私が代わりに行くことも先方は承知の上です。他にも、錦絵を描《か》かせるために絵師を、戯作《げさく》を書かせるために、戯作者の魔魅団三郎《まみだんざぶろう》まで呼んだそうですよ」

「魔魅団三郎も?」

九之助《くのすけ》が虜《とりこ》になっている「狸」ではないかと、修次が推察していた戯作者である。

「おや、お咲さんは魔魅団三郎がお好きでしたか?」

「読んだことはないので、好きかどうかは判りませんが、少し前にお名前を聞いたばかりなので興味はあります」

「では、決まりですね。お咲さんもいらっしゃると、先方にお伝えしておきます」

こうして、あれよあれよという間に、咲の初めての芝居見物が決まった。


十六日の朝、咲は七ツ前に起きて、七ツ過ぎには斜向《はすむ》かいの辰治《たつじ》と共に長屋を出た。

咲は遠慮《えんりょ》したのだが、夜明け前に女が一人で出かけては危ないと、月白堂まで辰治が送ってくれることになったのだ。

長屋で芝居を観たことがないのは咲と幼子《おさなご》の勘吉《かんきち》と賢吉《けんきち》だけで、皆、少なくとも一度は体験していた。

芝居見物もさることながら、こんなに早くから出かけること自体、咲は初めてで、慣れた町もいつもと違って見える。ちらほらと、思ったより人通りがあることにも驚いた。

「辰さん、どうもありがとう」

「なんのなんの。楽しんできな。土産《みやげ》話を待ってるからな。ほんじゃあ、お咲ちゃんを頼みやす」

最後の言葉は文七へ向けてのもので、月白堂から芝居小屋がある葺屋町《ふきやちょう》までは、文七が送り届けてくれるのだ。

身重の貴と三人で、のんびり十軒店から東へ歩き、大伝馬町《おおでんまちょう》を南へ折れて、葺屋町に向かった。葺屋町もその隣りの堺町《さかいちょう》も俗にいう「芝居町」で、葺屋町には市村座《いちむら》、堺町には中村座《なかむら》がある。ただし今はどちらも休座中で、桐座《きり》が市村座の、都座《みやこ》が中村座の代わりにそれぞれ興行している。この二つの町は併せて「二丁町」とも呼ばれ、芝居小屋の周りには芝居茶屋の他、菓子屋、煙草屋《タバコ》、酒屋、巾着屋《きんちゃく》、銭両替商などが連なっていて、日本橋界隈《かいわい》に劣《おと》らぬ賑《にぎ》わいだ。

六ツより大分前に芝居茶屋・速水屋《はやみや》に着いたものの、案内の仲居曰《いわ》く、もう皆揃っているという。

だが案内された座敷には、三人の女しか見当たらなかった。

「本日はお招きありがとう存じます。四代目英治郎の妹の貴と申します。こちらは縫箔《ぬいはく》師《し》のお咲さんです」

貴と共に咲も一礼すると、一番奥の、三十路《みそじ》前後の女が口を開いた。

「ようこそいらっしゃいました。志津屋の紀乃《きの》と申します。こちらは梓《あずさ》さん。魔魅団三郎さんのお孫さんです。そしてこちらは、絵師の十三子《とみこ》さん」

梓が二十代半《なか》ば、十三子は二十《はた》歳《ち》過ぎと思われる。梓は丸顔で目が大きく、笑窪《えくぼ》が愛らしい。対して十三子は細目で、顎《あご》が尖《とが》ったきりっとした面立《おもだ》ちだが、どちらもなかなかの器量好《よ》しで、潑剌《はつらつ》としている。

「団三郎さんは英治郎さんと同じく、大の人嫌いでしてね……代わりに梓さんを寄越《よこ》したのです」

「さようで……」

団三郎に会えなかったのは残念だが、女絵師には何やら胸が浮き立った。

どうやら十三子も同様らしく、咲を見つめて口角を上げる。

「私が言うのもなんですけれど、縫箔師と聞いて、てっきり男の人がいらっしゃるものだと思っていました」

「私も絵師が女の方で驚きました」

「ふふふ、驚かせようと思って、黙っていたのですよ」

紀乃が言うのへ、梓も微笑む。

聞けば、団三郎と孫の梓は、志津屋が本業の廻船問屋とは別に営む船宿に、間借りして住んでいるという。ゆえに、紀乃と梓の二人は殊に親しいようだ。

十三子はその名から、錦絵を手がける蔦屋重三郎《つたやじゅうざぶろう》の隠し子ではないかと咲は勘繰ったが、実際は八丁堀《はっちょうぼり》に住む能楽師・斎藤十郎兵衛《さいとうじゅうろべえ》の姪《めい》だった。

「斎藤さんのお名前は存じております。私は連雀町《れんじゃくちょう》の弥四郎《やしろう》の弟子《でし》でして、親方は能《のう》装束《しょうぞく》をたくさん手がけていますので」

「そうでしたか。弥四郎さんは昨年、代替わりしたとお聞きしましたが……」

「ええ。私の親方は三代目で、兄弟子が四代目となりました」

皆は貴が英治郎だとは知らないが、女同士であることや、それぞれ異なった仕事にかかわりがあることから話の種に事欠かない。

速水屋で朝餉《あさげ》を済ませる間に六ツの鐘が鳴り、ほどなくして、咲たちは芝居小屋に向かった。

芝居は開演が六ツ、終演がおよそ七ツ半という長丁場だ。とはいえ、人気の役者は六ツよりずっと遅くに登場するそうで、紀乃のような芝居見物に慣れた者は、朝一番から小屋にいることはないらしい。しかしながら、目当ての桜井隆之介はまだ「千両役者」ほど人気がないため、早くに出番があるという。また、芝居が初めての咲や、久方ぶりの貴を気遣ってくれたようである。

紀乃が用意したのは桟敷《さじき》席で、平土間の枡《ます》席より一段高いところにあった。

役者や名題《なだい》、配役などを記した役割番付を見ながら、咲たちは隆之介の出番を待った。

今日の主な演目は、二人の姉妹が仇討《あだう》ちを果《は》たす「敵討乗合話《かたきうちのりあいばなし》」で、隆之介は小さな役の他、急遽《きゅうきょ》、八代目森田《もりた》勘弥《かんや》の代役も務《つと》めることになったという。勘弥の役は駕籠《かご》舁《か》きの次郎作《じろさく》という男で、「戻駕《もどりかご》」と呼ばれる踊《おど》りが目玉だそうだ。

「勘弥は昨日から具合が悪いそうで……勘弥には悪いけれど、隆之介の贔屓《ひいき》としては嬉《うれ》しいわ」

よっぽど入れ込んでいるんだね――

大店《おおだな》の女将だけに、はしゃいだ様子はないものの、顔には喜びが滲《にじ》み出ている。

芝居見物の折の菓子、弁当、寿司《すし》は略して「かべす」といい、枡席の客は茶屋から運ばれるこれらを席で食するが、桟敷席の客のほとんどは茶屋で済ませる。

十三子を除いた咲たち四人は幕間《まくあい》に速水屋へ昼餉を取りに戻ったが、十三子は絵を描き続けたいと、桟敷に残って弁当を使った。

十三子は高価な紙を五十枚ほども持参していて、咲を驚かせた。また、咲もそこそこ絵心があると自負しているが、十三子の腕前には目を見張るばかりであった。

「十三子さんは、もうどこかから役者絵を出していらっしゃるのですか？」

役者絵というよりも、十三子の絵が欲しくなって、昼餉の折に咲は問うたが、紀乃は小さく首を振る。

「それがまだ……ですが、蔦屋が目をかけているので、そう遠くないうちに日の目を見るよう祈っているのです」

「蔦屋が？　それなら安心ですね」

「そうでもありませんのよ」と、今度は梓が首を振った。

「どうしてですか？」

「どうしてって——女が手がけた物となると、やはりよく思わない人がまだまだたくさんいるからですよ。縫箔もそうではありませんか？」

「それは……悔しいですが、仰る通りです」

すからね」

「人形もです」と、貴も言った。「お侍《さむらい》でなくとも、跡継《あとつ》ぎは男というのが世の習いで
「お貴さんの方が、四代目より年上なのですか？」

「いいえ。兄とは同い年ですが、私の方がやや遅く生まれました。私は十六歳で小田原《おだわら》に嫁《よめ》に出されまして、代わりに隠し子だった兄を引き取ったのです」

というのは作り話で、貴は四代目英治郎として生きるために小田原に嫁にいったことにして、のちに「英治郎」として戻って来て店を継いだのである。

「兄は英治郎の名にふさわしい人形師です。ただ、もしも私が男だったら――と思うことはままあります」

「判ります。私も、もしも男だったら、今とは違う道が開けていたやもしれないと考えることがよくあります」

そう言う梓は、今は家事の他、目が弱くなってきた祖父の代筆をして日々過ごしているという。

「ふふふ、私もです」と、紀乃。

「お紀乃さんも？」

貴が問い返すと、紀乃は苦笑を浮かべた。

「ええ、私は時折ですけれど」

志津屋の実子であり、実権を握る紀乃は皆から「女将」と呼ばれているが、店の存続のためには、婿《むこ》を「店主」に据《す》えなければならなかったそうである。

「夫に不満はありません。夫がしっかりしているからこそ、こうして芝居見物に出ることもできるのですから。ただ、寄り合いやら折衝《せっしょう》やらでは、やはり女の出番はありませんのでね。昔から悔しい思いをしてきましたよ」

それぞれ女ならではの苦労を経《へ》てきたようだが、それゆえに、十三子も含めて、五人での観劇は心地良く、楽しいものとなった。

芝居そのものはもちろんのこと、女も男もここぞとばかりに着飾《きかざ》っている客がほとんどで、役者のみならず、客の着物や小間物も咲には眼福だった。

隆之介は咲や貴より三つ若い二十五歳で、梓と同い年だという。涼《すず》やかな目元、まっすぐな眉《まゆ》、ややふっくらした唇《くちびる》には色気があって、咲には敵役を演じている人気役者・三代目市川高麗蔵《こまぞう》より美男に見える。件の「戻駕」の踊りもしっかり決めて喝采《かっさい》を浴び、紀乃もご満悦《まんえつ》だ。

七ツを四半刻《しはんとき》ほど過ぎてから終演となり、咲たちは桟敷席を立った。

身重の貴に付き添いつつ、後ろ髪《うし》を引かれる思いでゆっくり出口へ向かって行く。

すると小屋を出る前に、覚えのある声に呼び止められた。

◎

「梓さん！　お咲さんも！」

九之助だった。

舞台の方から、人を掻《か》き分け、こちらへやって来る。

「梓さんも、九之助さんとお知り合いなんですか？」

「お咲さんも？」

梓と顔を見合わせる間に、九之助がみるみる追いついた。

「ここで会ったが百年目――というのは冗談《じょうだん》で、まさか、こんなところでお目にかかれるとは！」

「九之助さん、声が高いですよ」

高ぶっている九之助とは裏腹に、梓が落ち着き払って言った。

「す、すみません。お帰りになる前にご挨拶《あいさつ》したかったものですから……団三郎さんはご一緒じゃないんですか？」

「祖父は人嫌いですから、私が祖父の代《か》わりに来たのです」

「そうでしたか。団三郎さんがいらっしゃらないのは残念至極でありますが、梓さんにお目にかかれてよかった。いやぁ、今日はついてるなぁ」

九之助は団三郎に対抗心を抱いていると修次は推察していたが、それ以上に梓に恋心を抱いているように咲には見受けられる。

九之助は羅漢台《らかんだい》から見物していたそうである。羅漢台は舞台の下手《しもて》後方にある一階席で、後ろからしか観られぬがために安価だが、芝居通の中にはあえて羅漢台を選ぶ者もいるという。

「梓さんらしき方がいらっしゃると思っていたら、ご本人で……こんな偶然は滅多《めった》にあるもんじゃないですからね」

「そうですね」

「お咲さんとも……」

取って付けたように言って咲を見やるも、九之助はすぐさま梓に向き直る。

「お咲さんには、この財布を作ってもらったんですよ」

九之助が懐《ふところ》から取り出した財布は、咲が縫った九尾狐《きゅうびこ》を意匠にした物だ。

「まあ……これは見事な……」

梓ばかりか、貴や紀乃、十三子も九之助の手元を覗き込んで目を見張る。

「そうでしょう、そうでしょう。私の自慢の財布です」

九之助が頷く傍《かたわ》ら、梓が咲を見て言った。

「帰ったら祖父に伝えます。話を聞いたら、祖父も狸を意匠にした財布を欲しがるんじゃないかしら……ううん、私が贈り物にしてもいいですわね」

「喜んで承りますよ」

「きっと喜びますよ」と、紀乃も微笑む。

「あの、お咲さん、こちらの御三方はどちらさまですか……？」

九之助にしては遠慮がちな問いに、咲はそれぞれを紹介した。

「ほう、志津屋の女将さんに、楠本英治郎の妹さん、それから絵師にして斎藤十郎兵衛の姪御さんとは……斎藤さんは確か、阿波徳島《あわとくしま》藩のお抱えでしたね？」

「はい。叔父《おじ》をご存じで？」

「お名前だけですがね。斎藤さんも確か、絵がお上手《じょうず》だと聞いたような……お名前といえば、十三子さんはお名前からして、蔦屋の隠し子かと思いましたよ、はははは」

己も同じように勘繰ったが、口にしないだけの分別はある。

咲に梓、紀乃、貴が一斉に眉をひそめると、九之助は慌てて笑いを引っ込めたが、十三子は鷹揚《おうよう》に微笑んだ。

「残念ながら、血のつながりはありませんが、蔦屋さんは素晴らしい版元です。一絵師として、とても尊敬しております」

「私もですよ。私も一戯作者として——いえ、一本好き、かつ錦絵好きとして、蔦屋さんのことを尊敬しております。ああ、そうだ。錦絵といえば、東洲斎写楽《とうしゅうさいしゃらく》の絵はもう見ましたか？」

「はい。九之助さんも？」

「見ましたとも。素晴らしかった！　いやはや、すごい絵師が出てきたものです」

東洲斎写楽の絵は今月から版行され始めたばかりで、これまでにない大胆かつ独特な描き方が人気を博しているらしい。

「九之助さんも、写楽の絵を買われたのですか？」

「あ、いえ、私は少々懐が寂《さび》しいもので……ですが、知人に見せてもらいました。知人はこれから、写楽の絵は全《すべ》て集めると息巻いておりますよ」

「私もです」と、紀乃が口を挟む。「私も、一枚と漏らさず手に入れるつもりです。写楽には、並ならぬ才がありますからね」

二人がそうまで推《お》す絵師なら、一度その絵を見てみたい——

そう思ったのが伝わったのか、紀乃が咲へ振り向いた。

「店の方に来ていただければ、いつでもお見せしますよ。お貴さんも」

「ありがとうございます」

貴と声を重ねると、紀乃は九之助へ向き直る。

「遅くならないうちに夕餉を済ませたいので、私どもはこれでお暇いたします」

「お目にかかれて光栄でした。お引き止めしてしまい、どうもすみません」

名残惜《なごりお》しそうに梓を見つめる九之助に暇を告げて、咲は皆と共に速水屋へ向かった。

話の種は山ほどあったが、六ツに文七が迎えに来て、咲と貴は後ろ髪を引かれつつ速水屋を後にした。

夕暮れの中、十軒店へ帰る貴たちとは通町へ出る前に別れると、咲は北へ早足で歩いて、長屋がある平永町《ひらながちょう》まで戻った。

「ただいま帰りました」

「おっ、お咲ちゃん、お帰り」

大家の藤次郎《とうじろう》に続いて、ゆっくりとだが、由蔵《よしぞう》も戸口から顔を覗かせて咲へ微笑む。

「おう、お咲ちゃん、芝居はどうだった？」

「そりゃもう、楽しかったです」

「おさきさん！　おかえりなさい！」

声を聞きつけた勘吉が、家を飛び出して来て咲を迎える。

「ただいま、勘吉」

「うん、あのね。おひるに、しゅうじさんがきたよ」

「修次さんが？」

「うん、おいら、たのまれたんだ」

「何を頼まれたんだい？」

「ことすて」

「言伝《ことづて》よ」と、追って来た路《みち》が言い直した。

「そう、ことづて。またそのうち、いっしょにおそばをたべにいこうって」

どうやら、柳川《やながわ》に誘いに来たらしい。思えば、浅草《あさくさ》の彦根屋《ひこねや》からの帰り道に会ったきりで、もう二十日余りも修次の顔を見ていない。仕事と喜兵衛のことで忙しいと、しろとましろは言っていたが、忘れ去られてはいないようで、咲は頰を緩ませた。

「そうかい。言伝、ありがとう」

「どういたしまして。でもね、あのね、おいらもいっしょにいっちゃだめ？　おいらもおそばがたべたいよ」

「こら勘吉。お蕎麦《そば》なら、おうちで食べられるって言ったでしょ」

路にたしなめられて、勘吉がむぅっと口を尖らせる。

「けどよ」と、由蔵が口を挟んだ。「勘吉も、ちったぁ箸《はし》が使えるようになったんじゃねぇのかい？」

「なったよ。おいら、おはしつかえるよ」

「だったら今度、みんなで行かねぇか？　居職組のみんなでよ？」

「いく！　みんなでいく！」

「そんなら、勘吉の面倒は私がみるよ。どう、お路さん？」

「それなら……」

「じゃあ決まりだ。俺ぁしばらく調子が悪かったから、柳川もご無沙汰でよ。ああ、お咲ちゃん、心配すんな。逢引《あいびき》の邪魔はしねぇからよ。修次さんとは別の日に行こう」

「そんなんじゃありませんから。からかわないでくださいよ、殊に勘吉の前で――」

「よしぞうさん、『あいびき』ってなぁに？」

「ほうら！」

「ああ、うん……そいつぁ後でおっかさんに訊《き》きな。それよりお咲ちゃん。芝居の話を聞かせてくれよ」

「そうそう」と、路も頷く。「みんな楽しみにしてたのよ。勘吉も。ねぇ、勘吉？」

「うん！　おいら、おしばいもいきたい！」

うまく勘吉の関心をそらすことができて、由蔵と路が見交《みか》わした。

由蔵はまだ元通りとはいえないものの、先月よりは今月の方が顔色がいい。ただ、食欲は今一つのようだったから、柳川行きを切り出したことに咲は安堵《あんど》した。

皆もう夕餉を済ませていたようで、辰治や五郎《ごろう》は煙管《キセル》を片手に表へ出て来る。皆で藤次郎や由蔵の家の前の井戸端に集《つど》うと、咲はしばし、身振り手振りを交えて土産話を披露した。

翌日――

咲、福久《ふく》、しま、路、由蔵、藤次郎の居職組六人は、勘吉と賢吉を連れて、早速、昼餉に柳川へ行った。修次の言伝が「またそのうち」だったため、昨日の今日では現れまいと踏《ふ》んでのことである。

皆、揃って信太《しのだ》を堪能《たんのう》し、和気あいあいとした楽しいひとときを過ごしたものの、次の日から由蔵は再び横になることが増えた。

「ちと、調子に乗り過ぎたか……」

苦笑と共に由蔵はそう言ったが、頻繁《ひんぱん》に横になっている割にはあまり眠れていないようで、目の下に隈《くま》ができている。

長屋の皆と由蔵を案じながら、咲は仕事に励《はげ》んだ。

守り袋と匂い袋をそれぞれ一つずつ仕上げたのち、人形の着物に取りかかる。

人形は紀乃の意向で、隆之介が一昨年演じた——また、その名を知られるきっかけとなった——「若紫《わかむらさきえ》 江戸子曽我《どっこそが》」の侍役を模したものと決まっていた。当時の衣装の肩衣《かたぎぬ》は大柄の市松《いちまつ》文様とのことから、黒緑色の布に金銀の摺箔《すりはく》を入れることにした。小袖《こそで》は紫鼠《むらさきねず》の地に、よく見ると十字絣《じゅうじがすり》が入っていたそうで、紫鼠の布を用意して、同色の糸で文様を縫うことにしたものの、小さい十字を揃えるのに根気を費やしそうだ。

ただし、咲はこういった地味な仕事も嫌いではなかった。針目を揃えることは基本中の基本で、等間隔に揃った十字を見ると、ついにんまりしてしまう。

肩衣の摺箔は後回しにして、小袖の十字をちまちま縫っていると、観劇から八日後の二十四日に梓が長屋を訪ねて来た。

「月白堂さんに、お住いをお訊きしましたの。十三子さんが描いた絵を届けるついでに、お財布を注文したくて」

「わざわざありがとうございます。どうぞお上がりください」

　十三子は芝居の間に描いた絵を、皆のために改めて描き直してくれたそうである。無論錦絵ではなく、墨《すみ》のみを使った墨絵だが、それゆえに踊る隆之介が一層軽やかに見える。また、十三子は一昨年「若紫江戸子曽我」も観たそうで、二枚の絵の内一枚は、貴から伝え聞いた隆之介扮《ふん》する侍だった。

「これは助かります。衣装のことは月白堂さんからお聞きしましたけれど、ただ手を動かすよりも、何かその物にまつわることを――此度の場合は、お芝居や役などを――考えながら縫う方が、より良い物になる気がしますし、はかどるんです」

「だから、九尾狐はあのような……青月なのに、温かみがある絵に仕上がったのですね。とするとあのお財布は、九之助さんのことを考えながら縫われたのですか？」

「いいえ」と、咲は思わず苦笑を漏らした。「九之助さんに温かみがないとは言いませんが、あの財布は九之助さんというお人ではなく、九尾狐や尾崎狐《おさききつね》のような妖狐《ようこ》を含めて、どんな狐も瑞獣《ずいじゅう》だという九之助さんのお考えや、稲荷大明神《いなりだいみょうじん》さまのお遣い狐を思い浮かべながら縫いました」

「そうでしたか。――あの、お咲さんは、九之助さんとお親しいのですか？」

「とんでもない。相通じる知り合いがいたり、同じ店に出入りしていたりと、ちょっとしたご縁はありますが、それだけですよ」

「同じお店と仰いますと……？」

「日本橋の瑞香堂という香木屋です。あそこのご夫婦が——といっても、祝言は明日なんですが——二人とも、九之助さんとお知り合いでしてね」

「瑞香堂なら聞いたことがありますわ」と、梓は微笑んだ。「あの人が香木屋に出入りしているなんて、意外ですわ。香道でも学んでいるのでしょうか？」

もしや梓さんは、九之助さんに気があるんだろうか——？

それこそ咲には意外だが、梓とはまだ、そのようなことを気安く問える仲ではない。

「香道をたしなんでいるかどうかは判りませんが、瑞香堂へは知り合いのお遣いや、旦那さんとのおしゃべりを楽しみに来ているようですよ」

「そうですか」

「梓さんは、九之助さんとはどういったお知り合いなんですか？」

これくらいはいいだろうと、咲はさりげなく問うて見た。

「九之助さんは、祖父の本が気に入ったそうで、ある日突然、版元と一緒に訪ねて来たのです。祖父は人嫌いだと版元は話したそうなのですが、とにかく会ってみたいと押しかけて来て……もちろん祖父は、けんもほろろに断りましたが、のちに謝罪に、それから時折ご機嫌伺《きげんうかが》いにいらっしゃるようになりました。祖父には振られてばかりだというにもかかわらず」

それは、梓さんがお目当てだから――

「九之助さんは悪い人じゃないんですが、ちょいとしつこいところがありますからね」

「ええ。加えて、物覚えもあまりよろしくないようですわ」

これもまた、咲には意外だった。九之助はどちらかというと博識《はくしき》で、先だっても、名前しか知らないという割には、斎藤十郎兵衛という能楽師が阿波徳島藩のお抱えであることをすらすら口にしている。

むくれ顔からして、梓もまた九之助に気があると思ったのは、己の早合点《はやがてん》だったかと自省《じせい》するも、次の瞬間、梓はくすりとした。

「けれども、ちょっと変わり者なだけで、お咲さんが仰る通り、けして悪い人ではないんですよね……」

ちょっとどころか、相当な変わり者だと咲は思っている。やはり梓は――恋心かどうかはともかく――九之助に好意があると思い直して、当たり障《さわ》りなく頷いた。

注文の財布は、団三郎への贈り物にするという。

「意匠はやはり、狸でお願いいたしたく……ああでも、その、ふぐりは誇張せずに」

「かしこまりました」

狸の絵や置物のほとんどは雄《おす》で、陰嚢《いんのう》——いわゆる金玉やふぐり——が異様に誇張されているものが多い。このことについては諸説あるようだが、金箔を作る際、狸の皮で包んで叩くと薄く広く伸びるといわれていることから、「金玉」に「金が貯《た》まる」とかけて誇張されるようになったと、咲はその昔、手習い指南所で学んだ。

梓曰く——また、修次から聞いた通り——佐渡《さど》国に伝わる団三郎狸は、人を化かしたり、木の葉を金に変えて買い物をしたりという悪さばかりではなく、困っている者には自らが金山で働いて得た本物の金を貸したりと、金貸しを真似《まね》た人助けもするらしい。

「それなら、金貸しの親分のような、威信のある狸はどうでしょう？　こう、ちょっと太めで、睨《にら》みを利《き》かせた……」

そう言って咲は身振り手振りで、でっぷりとした、ふてぶてしい古狸を示したが、梓の祖父は背丈はそうないものの、身は引き締まっているという。また、煙草をたしなむと聞いて、煙管を持った、火消しのごとくいなせな狸を意匠にすることになった。

「では、いくつか下描きを描いて、次に日本橋に行く時に……そうですね、朔日《さくじつ》にお届けするのはどうでしょう？」

「それなら昼餉をご一緒しましょう。ふふふ、今から楽しみです」

代金は二分だと告げても、梓は動じることはなく、一分を前金として差し出した。

団三郎は人気の戯作者だけに、代筆をしている梓にも、たっぷり手間賃《てまちん》を弾《はず》んでいるようである。

前金を仕舞うと、咲は梓をいざなって外へ出た。ここまで来たついでに、神田《かんだ》明神参りに行きたいという梓に、案内がてら同行することにしたのだ。

おしゃべりを楽しみながら、昌平橋《しょうへいばし》から湯島横町《ゆしまよこちょう》を通って、のんびり神田明神へ歩いて行く。

大鳥居から随神門《ずいしんもん》を抜け、手水舎《ちょうずや》で足を止めた矢先、咲は本殿の前の修次に気付いた。

じっと、何やら一心に祈願している。

梓がいることもあり、咲は声はかけずに、手水舎で両手と口を清めた。

すると、咲たちの後から手水舎に近寄って来た男が、素《す》っ頓狂《とんきょう》な声を上げた。

「お咲？」

「雄悟《ゆうご》さん……」

縞《しま》の着物を着た男の名は雄悟で、その昔、咲が初めて肌身を許した男だった。

「こんな偶然があるたぁ驚いた」

「雄悟さんは、どうしてここに？　江戸に帰っていたんですか？」

雄悟とは八年前、郷里の小田原に帰ると聞いて以来、顔を合わせていなかった。

「先月、師匠に呼ばれてな。兄弟子が病で死にかけてるってんで……結句逝《い》っちまったが、世話になったお人だったから、死に目に会えてよかったよ」

「そうでしたか」

「あの」と、梓が口を挟んだ。「私なら一人で平気ですから、どうぞ、お二人でごゆっくり」

「でも」

「お気になさらずに。祖父が待っていますから、どのみち、お参りしたらすぐに帰るつもりだったのです」

にっこりとして、梓は咲の返事を待たずに本殿へ向かう。

梓の背中を目で追うと、本殿の前の修次と目が合った。

訝《いぶか》しげな顔になった修次へ笑みを返そうとしたものの、何故《なぜ》だかうまく笑えずに、咲の方から目をそらした。

すぐさま再び目をやるも、修次は既にこちらを見ておらず、本殿の右手にある稲荷社の方へ歩いて行く。

「そこの茶屋でゆっくり話さねぇか？　ああその前に、俺たちも先にお参りを済ませちまおうか」

梓の後を追うようにしてお参りを済ませ、境内《けいだい》の茶屋の方へ足を向けた時には、修次の姿はもうどこにもなかった。

雄悟にいざなわれるまま、茶屋の縁台に腰を下ろして茶を頼む。

咲が雄悟と肌身を合わせたのは、たった一度きりだ。弥四郎宅から多町《たちょう》の長屋に引っ越して通いとなり、一職人として生きていこう、生涯独り身《しょうがいひとりみ》でも構わないと己に言い聞かせていた時分に雄悟と出会った。

そういや、初めて会したのもここだったか——と、咲は八年前を振り返る。

雄悟も思い出していたようで、「また、明神さまで会うたぁなぁ」と微笑んだ。

八年前、それぞれ明神参りを済ませた後に、茶屋の縁台で向かい合わせに座ったことが縁となった。当時湯島横町に住んでいた雄悟は、巾着や煙草入れ、胴乱《どうらん》を手がける袋物師で、互いに針を使う仕事ゆえに、もののひとときで打ち解けた。

雄悟の師匠や相弟子は、弥四郎やその弟子たちよりも自由気ままで、雄悟は啓吾《けいご》より女の扱いに長《た》けていた。だが、雄悟に惹《ひ》かれた大きな理由は、名前が啓吾に似ていたり、啓吾と同い年だったり、指に馴染《なじ》み深い針だこがあったりしたからだろう。お参りと称して幾度か神田明神で落ち合い、のちに互いの長屋を訪ね合うようになったある日、咲は誘われるがままに出合茶屋へ行って雄悟と肌を重ねた。

結句その一度きりとなったのは、己が啓吾を忘れるべくそうしたように、雄悟もまた、想《おも》いを懸《か》けた女を忘れようとしていたと気付いたからだ。ゆえに咲は早々に、次に顔を合わせた折に別れを切り出した。

「ずっと小田原にいたんですか？」

「まあな」

「またすぐ、お帰りになるんですか？」

「いや……あっちの家はもう引き払ってきた。国は国で気楽でいいが、お江戸の方がやっぱり楽しいからよ」

「皆さんそう仰いますけれど……」

咲は江戸生まれの江戸育ちで、朱引《しゆびき》の外にさえ出たことがない。比べる故郷を持たぬがゆえに言葉を濁《にご》したが、国でうまくいっている者ならば、江戸は時折見物に来るだけで、わざわざ居を移すことはそうあるまい。

「師匠も弱気になってってからなぁ……」

何やら言い訳がましく付け足《た》してから、雄悟は更に続けた。

「それより、お咲、守り袋が評判らしいな。師匠から聞いたぞ。桝田屋っていう、日本橋の小間物屋に卸しているとか」

「ええ」

「そんで、しばらく前に多町の長屋を訪ねてみたんだが、木戸にお咲の名札が見当たらなかったんでな……こりゃあもう縁がねぇんだろうと判じて、そのまま帰っちまったんだが、そうでもなかったな。――ああ、よりを戻そうってんじゃねぇぞ。だが、見たところ、お前もまだ独り身らしいな？」

お前「も」と言うからには、雄悟もまだ独り身なのだろう。引眉《ひきまゆ》や鉄漿《おはぐろ》が目印となる女と違って、妻帯している男は見分けにくい。

「ええ、気ままな一人暮らしが性に合っているみたいです」

「あはははは」

笑い飛ばした雄悟を、咲は長屋へ連れて帰った。「評判の腕前を――どんな物を作っているのか見してくれよ」と、せがまれたからである。

修次に見られたことと相まって、初めのうちはどうも気まずかったが、男女の情はとうに消え去っている。昔の男への気恥ずかしさよりも、思いの外《ほか》弾んだ仕事の話への楽しさが勝った。

多町の長屋にいた時は九尺二間《くしやくにけん》だったため、雄悟はまず、咲が二階建てに住んでいることに驚いた。匂い袋は四日前に瑞香堂に納めてしまって今は手元にないものの、守り袋と作りかけの人形の着物、それからこの八年のうちに自分のために作った巾着や財布を見せた。

長屋には勘吉と賢吉のお包みもあるが、路に余計な詮索《せんさく》はされたくない。守り袋を身につけた勘吉は、折よく福久と、猫のみつのもとへ遊びに行っている。

「うん、こりゃあ日本橋でも売れるわな」

作品を手に取って感心しきりの雄悟と、半刻ほど改めて仕事の話に花を咲かせた。

雄悟は郷里でも袋物師を続けていて、亡くなった兄弟子や師匠の意を汲《く》んで、兄弟子が住んでいた小伝馬町の長屋に移り、得意先も受け継いでいくという。

「今度、うちにも遊びに来いよ。作った端から売ってきたが、二三、手放せなかった物があっから見てくれよ」

「近いうちに、是非」

快く諾して、咲は雄悟を木戸まで見送った。

水無月《みなづき》朔日。

咲は昼前に桝田屋を訪ねてから瑞香堂へ向かった。

匂い袋を納めに行くというよりも、夫婦となった聡一郎《そういちろう》と伊麻《いま》が見てみたい。そのために人形の着物の合間に、匂い袋を一つ縫い上げていた。

瑞香堂の暖簾をくぐると、上がりかまちから九之助が勢いよく立ち上がる。

「お咲さん！　お待ちしておりました！」

「九之助さん——一体、どうしたんですか？」

他の客の手前、丁寧《ていねい》に問い返すと、九之助の後ろにいた伊麻が、にやにやしながら先に応《こた》える。

「女の人のことで、お咲さんにお訊きしたいことがあるんですって。そのために、二十日も昨日もいらしたのよ。二十日は残念ながらお咲さんが帰った後で、会えずじまいだったそうだけど」

伊麻は咲より四つ年上の三十二歳で、実方が小間物問屋、自身が髪結《かみゆ》いだけに客商売に慣れた佇《たたず》まいだが、聡一郎と見交わし微笑む様は、新妻らしく初々《ういうい》しい。

「女の人……ああ、梓さんのことですか？」

「しーーっ！」

子供のように慌てて、九之助は人差し指を口元にやった。

「ど、どうして梓さんのことだと――いや、梓さんのことはほんのついでで、私は団三郎さんのことをお訊きしたくて待っていたんですよ。梓さんとお親しいならば、団三郎さんのこともよくご存じではないかと思いまして」

言い訳がましい九之助に、咲や伊麻のみならず、聡一郎や店の者、客たちまでも口角を上げる。

「残念ながら、私が梓さんにお目にかかったのはあの日が初めてでして、団三郎さんはお名前しか存じ上げていないんですよ」

あからさまに眉尻を下げた九之助に、何やら同情心が湧いてきて、咲は続けた。

「ですが、九之助さんのおかげで、あのあと梓さんから財布の注文をいただきました」

「というと、狸の……？　そりゃ楽しみだ。どんな意匠にするんです？」

「まだ、しかとは決まっていません。いくつか下描きを持って来たので、今日これから決めてもらうんです。でも、よしんば決まっていたとしても、注文主は梓さんですから、勝手にお教えすることはできませんよ」

「今日これから――それなら私もご一緒に、いいえ、是非ともお伴いたしたく」

「えっ？」

「けして商談のお邪魔はいたしません。少々ご挨拶できればそれでいいんです。この通り！　平に平にお願い申し上げます！」

土下座せんばかりの九之助へ、咲は慌てて頷いた。

「判った。判りましたよ」

九之助をしばし待たせて匂い袋を納めると、咲たちは瑞香堂を後にした。

道をよく知っている九之助の案内で、志津屋がある南新堀町へ向かったが、通町を東へ渡ったところで、咲はふと辺りを見回した。

しろとましろがいるような気がしたのだ。

「お咲さん？　どうかしましたか？」

「知り合いがいた気がして……」

そう誤魔化《ごまか》した矢先、大男が目に留まった。

火事の折、しろとましろを助けたという者である。

だが男はすぐに、引きも切らぬ人混みに紛《まぎ》れて行ってしまった。

廻船問屋の隣りの、船宿の志津屋の方を訪ねると、番頭に呼ばれて玄関先まで出て来た梓が訝しげに問う。

「どうして、九之助さんまで……？」

「突然、すみません」と、咲より早く九之助が口を開いた。「瑞香堂でお咲さんをお見かけしまして、こちらへいらっしゃると聞いたので、私もご挨拶にお伺いしようかと」

「ご挨拶に……というと、祖父にですか？」

「も、もちろん、団三郎さんにお目にかかれるならば恐悦至極《きょうえつしごく》に存じますが、その、梓さんにも……ほら、先日、桐座ではろくにお話しできなかったものですから……ええと、梓さんは、市川高麗蔵を贔屓にされていらっしゃるんで？」

「そうでもありません。あの日は、祖父の代わりに桜井隆之介を観に行ったのです」

「ほほう。団三郎さんは隆之介贔屓なんですね」

「高麗蔵ほど売れてはいませんが、なかなかいい役者ですからね。ですが、先日のお芝居は招待でして、祖父は隆之介の贔屓客から、隆之介のような男が出てくる戯作を書いてくれないかと頼まれているのです」

「戯作を？」と、九之助が目を丸くした。

「ええ。お咲さんも隆之介の人形の着物を頼まれたから、わざわざ芝居小屋まで足を運ばれたんですよ」

「ああ、だから英治郎の妹さんもいらしたんですね。四代目英治郎も、人嫌いで有名ですからね。じゃあ、十三子さんも隆之介の絵を描くために……」

合点がいった顔をして、九之助は続けた。

「それにしても、戯作に、人形に、絵まで注文するとは、よっぽどの客ですな……もしや注文主は、こちらの女将さんではないですか？　ほら、先日、梓さんたちと一緒にいらしたお紀乃さんでは？　とすると、あの噂《うわさ》は本当だったんですね？」

「あの噂、と仰いますと？」

「志津屋の女将さんと桜井隆之介はかつては恋仲だったものの、女将さんが家付き娘ゆえに、しがない役者とは一緒になれず、御用商人の次男を婿に取ることになり、二人は結句、泣く泣く別れたという――」

「莫迦《ばか》莫迦しい」

憮然《ぶぜん》として、梓は九之助を遮《さえぎ》った。

「お紀乃さんと隆之介は姉弟のような間柄《あいだがら》で、お紀乃さんは幼い頃から親しくしてきた隆之介を弟分として支えてきたまでです。お紀乃さんは旦那さんと仲睦《なかむつ》まじく、お子さんも二人も授かって、仕合わせに暮らしておいでです。そもそも隆之介の絵やら、戯作やら、人形やらは、お紀乃さんの注文ではありますが、お紀乃さんご自身のためではなくて、さるお方から頼まれたものなのですよ」

「そうなんですか？」と、咲も九之助と共に問い返した。

「そうなのです。そのお方はやんごとなきご身分で、なかなか芝居小屋まで来られないそうで、その代わりに隆之介の人形や絵を所望《しょもう》されているのです。まあ、そのお方に隆之介を勧《すす》めたのはお紀乃さんなのですが、それとて隆之介を身内として大切にしているからです。これらの注文が噂になれば、隆之介の株も上がるでしょうから、九之助さん、ここは一つ、そのやんごとなきお方とお紀乃さんのために、つまらない噂ではなく、本当のことを広めてくださいませ」

「はっ、それはもちろん……そのような次第《しだい》であらば、この狐魅《こみ》九之助、喜んで助太刀《すけだち》いたしまする」

九之助が芝居めいた物言いで胸を叩くものだから、咲は思わずくすりとし、梓もつられて笑みをこぼした。

だが、九之助の団三郎への「お目通り」は此度も叶《かな》わなかった。

「版元でさえ、顔を合わせるのは煩《わずら》わしいと言うくらいですから」

「致し方ありませんな……」

しゅんと肩を落とした九之助を、慰《なぐさ》めるごとく梓が誘う。

「私はちょうど近所の菓子屋に、お昼のお赤飯を買いに行くところなのです。そのお店のお赤飯は絶品ですので、よかったら九之助さんもご賞味ください」

「賞味します。賞味いたしますとも」

泣いた烏《からす》がもう笑ったよ——と、咲はつい噴き出しそうになる。

飯櫃《めしびつ》を持った梓について船宿を出ると、九之助が問うた。

「お赤飯というと、何かめでたいことでもあったのですか？」

「特にありませんが、祖父がお赤飯——というより、小豆飯が好物なのです」

赤飯は蒸した餅米《もちごめ》に煮た小豆と煮汁を混ぜたもので、慶事によく用いられるが、小豆飯は小豆を入れて炊《た》いた米で、赤飯とはやや違う。

「あはははは、魔魅団三郎の好物が小豆飯とは面白い。団三郎狸はいざしらず、京の化け狸は小豆飯が好物ですからね。もしや、小豆飯が好物だから、化け狸にちなんだ筆名にしたのですか？　それともまさか、団三郎さんは本物なのですか？」

「本物？」

「つまり、戯作者は仮の姿で、実は本物の化け狸なのでは？」

「もしもそうなら、孫の私も化け狸ということになりますけれど」

「すみません。冗談です。ああでも、私はあなたが化け狸でも一向に構いませんよ。化けくらべでは狐は狸にしてやられることが多いですが、元来似た者同士、仲良しに違いありません」

おちゃらけが過ぎると咲ははらはらしたが、梓はにっこり微笑んだ。

「祖父が化け狸だなんて、戯作者らしい思いつきですわ。想像することに長けていらっしゃるのですね、九之助さんは」

「それほどでも」と言いつつ、満更でもないようだ。

「そういえば、九之助さんご自身にも、戯作のごとき事件があったそうですね？」

「えっ？」

「なんでも、親しくしていた女の人を狐憑《つ》き呼ばわりしたことで、その人の父親の逆鱗《げきりん》に触れ、長屋を追い出されたとか……」

「そうだったんですか？」と、咲は呆《あき》れ声で問い返した。

前の長屋を追い出されたことは、九之助の居候《いそうろう》先の郷屋《さとや》の主《あるじ》から聞いたものの、詳しいいきさつは知らなかった。

「ち、違いますよ。ああ、長屋を追い出されたことは本当ですが……」

九之助曰く、女が先に、自分は「狐憑き」だと申し出たそうである。

しどろもどろになった九之助の言い分から察するに、九之助の戯作の愛読者だったとある女が、自分を狐憑きと偽《いつわ》って九之助に近付いたらしい。また、「身寄りがない」とも嘘《うそ》をついたため、九之助は女に興を覚えると同時に同情し——梓の手前か、明言は避《さ》けたが——男女の仲になったようだ。

そうこうするうちに、ある日、いない筈《はず》の女の父親が「娘をたぶらかした」と長屋に怒鳴《どな》り込んで来た。この父親が町の顔役と知り合いだったことに加えて、長屋には「狐憑き」を出入りさせるような「変わり者」の九之助を疎《うと》ましく思っていた者がいたそうで、九之助は引っ越さざるを得なくなったという。

「ですが世の中、捨てる神あれば拾う神あり——友人の手助けで、路頭に迷わずに済みました」

「その女の人とはどうなったのですか？」

「聞いた話では、その人は私が浅草に引っ越した後、それこそ憑き物が落ちたように別の男に夢中になって、あっという間に祝言に至ったそうです」

「まあ！　それもまた戯作のようなお話ですね。——あら、豆太郎《まめたろう》さん」

おしゃべりするうちに着いた菓子屋の前で、梓が出てきたばかりの客を呼び止めた。

九之助と共に男の方を見やって、咲は内心ぎょっとした。


梓が声をかけたのは、つい先ほど通町で見かけた大男だった。

「おや、梓さん。今日もお祖父《じい》さんのお遣いですか？」

「ええ」と頷いて、梓は咲たちを引き合わせる。「こちらは戯作者の狐魅九之助さんと、縫箔師のお咲さんです。九之助さん、お咲さん、こちらは豆太郎さんです。豆太郎さんもこの店のお赤飯が好物なんですよ」

「豆太郎さん……？」

つぶやきつつ見上げた九之助へ、豆太郎は微笑んだ。

「この図体で――とお思いでしょうが、生まれた時は並の赤子より小さかったそうで」

「なるほど、ははは……不躾《ぶしつけ》にじろじろ見てしまってすみません」

しろとましろとのかかわりを問うてみたいが、九之助がいるため諦《あきら》める。

豆太郎と店先で別れると、梓は赤飯を三合も買い込んだ。

「では、商談がありますので、私どもはこれで。お咲さん、行きましょう」

菓子屋を出てすぐ、梓はにっこりと、だが九之助へ有無を言わせず暇を告げた。

九之助は微《かす》かに眉尻を下げたものの、束の間《つかま》でも梓と時を共にできたからか、「またそのうちに」と潔《いさぎよ》く笑みを返した。

船宿の二階に案内されると、梓たちが間借りしているという奥の二部屋の内、梓の部屋に落ち着いた。

梓が赤飯を届けに隣りの部屋へ行くことしばし、団三郎が顔を出す。

「やあ、いらっしゃい。お咲さんのことは梓から聞いとります。此度は、私に財布を作ってくださるとか。どんな意匠かは内緒だそうですが……」

「仕上がってから見せて、驚かせたいのよ」

団三郎に応えつつ、梓は咲に目配せを寄越す。

「楽しみにしとるよ。お咲さんは、宇之助《うのすけ》と一緒にいらしたとか」

「宇之助じゃなくて、九之助さんよ。九之助さんなら、もうお帰りになったわ」

「ははは、そうだったな。そうか。もう帰ってしまったのか」

還暦だという団三郎は、梓から聞いた通り、背丈《せたけ》は五尺四寸ほどだ。いなせで、歳《とし》の割に引き締まった身体つきは、己が思い描いた人物とさほど変わらない。ただ、人嫌いとは思えぬ愛嬌《あいきょう》には驚かされた。

団三郎が隣りの部屋へ引っ込んでから、持参した三枚の下描きを広げる。すると梓は一も二もなく、古狸が煙管を片手に、脇息《きょうそく》にもたれつつ一服している一枚を指さした。

「これがいいわ。これでお願いいたします」

「承りました」と咲が微笑んだところへ、今度は紀乃がやって来た。

「お咲さんが、九之助さんといらしたと聞いたので……」

「九之助さんには、外でお帰りいただきましたわ」

「あら、それは残念。少しお話をお聞きしたかったのに」

からかい口調なところを見ると、紀乃は九之助の恋心を知っているのだろう。

紀乃を交えて赤飯を昼餉としつつ、咲たちはおしゃべりを楽しんだ。

「そういえば、此度の本当の注文主は、お紀乃さんではないそうですね。隆之介さんをご贔屓になすってる、やんごとなきご身分のお方だと先ほどお聞きしました」

九之助と梓のやり取りを話すと、紀乃もまた、九之助が聞いた噂話を一笑に付した。

「私は幼い頃からずっと、志津屋の一人娘として育てられてきましたからね。家や店のことを学ぶのに忙しくて、恋にきゃっきゃしている暇なんてありませんでしたよ。けれどもそれゆえに、芝居は人より楽しんで参りました。もう亡くなりましたが、祖父母が芝居好きでしてね。お伴として芝居小屋に行くのが、私のささやかな息抜きだったのですよ。祖父母が隆之介の師匠と親しかったので、隆之介とは、あの子が五つの時に師匠に引き取られて以来の付き合いなんです」

「それなら、隆之介さんの一番の贔屓は、お紀乃さんで間違いありませんね」

「ふふふ、私ほど、あの子の仕合わせを願っている者はいませんよ。ですが贔屓というなら、今は此度の注文主が一番でしょう。その方は大奥にも通じていらっしゃいますから、私よりもずっとあの子の力になってくださると思うのです。あの子は芝居は申し分ないけれど、それだけではなかなか看板役者にはなれませんからね……」

役者は職人よりも人気商売だ。大奥の女たちは市中の流行に聡《さと》いが、反対もまたしかりで、大奥で人気を博すれば市中でもすぐさま噂になる。紀乃の夫は御用商人の次男らしいから、此度の客は夫の実家を通して知り合った者ではなかろうか。

紀乃はちょうど三十路だという。五つ離れた二十五歳の男を「あの子」と呼ぶところは、梓が言ったように、姉弟の親愛を感じさせる。だが咲は、紀乃の眼差《まなざ》しと声にうっすらと、男女の絆《きずな》を嗅《か》ぎ取った。

噂は実は、本当だったのやもしれない――

そんな咲の疑念に気付いたかのごとく、紀乃は再び口を開いた。

「夫は親が探してきた婿ですが、なかなかの商売上手、世渡り上手でして……おかげさまで店は親の代よりも繁盛《はんじょう》しておりますし、私も安心して芝居見物に出られます。といっても、私もなんだかんだ、商売が好きでしてね。子供たちも人に任せっきりにしたくないので、芝居見物は月に一、二度ですが」

「私もお伴の恩恵《おんけい》にあずかっています」と、梓が口を挟んだ。「ねぇ、そろそろお紀乃さんのことよりも、お咲さんのことをお聞きしたいわ。先日、神田明神でお目にかかった雄悟さんって殿方は、一体どういったお知り合いなのですか？」

　恋話への興味はもちろんあろうが、話をそらそうとしたようにも感ぜられた。

「雄悟さんは昔の職人仲間ですよ。八年前に郷里に帰ったきりで、江戸に戻っていたとは知らなかったので驚きました」

「本当にそれだけですか？　ご無沙汰のようではありましたけど、あの人、お咲さんを気安く呼び捨てにしましたよね？」

　梓がじぃっと己を見つめて問うのへ、咲は苦笑を浮かべてみせた。

「本当にそれだけですよ。八年前はまだ独り立ちしていなくて、でも弟子の中で私だけ通いでしてね。あちらは袋物師ですが、同じ針仕事なので、よく仕事の苦労や工夫を分かち合いました。兄弟子のような人でしたから、私のことはずっと呼び捨てだったので、今もまだ兄弟子気取りなんでしょう」

　さりげなく、昔の男だと気取られぬよう咲は応えた。

　だが「ずっと」というのは嘘で、出会った時は無論「お咲さん」、互いの長屋を行き来するようになってから「お咲」と呼び捨てになった。すると、雄悟は今尚《なお》「恋人気取り」なのだろうかと、今になって咲は訝った。

「そうでしたか……残念です」

落胆を露《あら》わにした梓ほどではないが、傍らの紀乃までやや眉尻を下げた。

「なんだか曰くがありそうだったので、たとえば、お二人はその昔、相思だったにもかかわらず、なんらかの事情で別れざるを得なかった。しかれど久方ぶりに、偶然にも想い出の地で再会を果たして、今尚、お互いを忘れられずにいたことを知った——なんてお話を、お紀乃さんと待ち設けていたのですが……」

「そんな戯作のような話は、なかなかありませんよ。団三郎さんのみならず、梓さんも想像することに長けていらっしゃるようですね」

再び苦笑で誤魔化したものの、「想い出の地」という梓の推し当て、または想像にはどきりとした。

そんな咲へ、「ふふふ」と、梓はいたずらな笑みをこぼした。

「物心ついてからずっと祖父の作り話に付き合ってきたので、私もつい、あれこれ戯作めいたことを考えてしまうのです。たとえば、四代目英治郎のことも……」

「英治郎のこと、とは？」

「もしや四代目英治郎は、実はお貴さんではないか——と」

「えっ？」

ただの想像だろうか？

それとも、何かそう推し当てるだけの根拠があって、鎌《かま》をかけているんだろうか？

だが、己は隠し通す他ないと、咲はとりあえず驚いた振りをした。

「また、どうしてそんなことを？」

「だって、お貴さんが小田原にお嫁に出された後に、隠し子の英治郎が家に入って、お貴さんが家に戻るのと入れ替わりに、英治郎が出て行って……となると、一人二役でも成り立ちそうではありませんか。英治郎は人嫌いで、顔を合わせた人はほとんどいないと聞いています。極僅《ごくわず》かにその姿を拝めた人の話では、美男だけれど、小柄で女のようにほっそりしていたとか。それに、お貴さんの手は職人のように、たこや小さな傷跡がありましたわ」

「四代目は刃傷沙汰《にんじょうざた》で離縁するなど、戯作のような過去をお持ちですしね」

「そうなのです！　でも、もしも一人二役なら、刃傷沙汰も作り話やも――」

目を輝かせた梓がどことなく九之助を思わせて、咲は自然に笑むことができた。

「水を差すようで悪いのですが、私は英治郎さんに会ったことがあります。英治郎さんには、昨年も人形の着物を頼まれましてね。確かに小柄で、面立《おもだ》ちもお貴さんに似ているので、女物を着ていたらお貴さんと見紛うかもしれません。ですが、首筋には刃傷沙汰の傷跡がはっきり残っていましたよ。手については、しかとは知りませんが、英治郎さんという隠し子が見つかるまで、お貴さんは家付き娘でしたし、前の旦那さんは人形師だったと聞いていますから、多少は人形作りを学んだんじゃないでしょうか」

梓の顔つきから、真相を知っているのではなく、ただ思いつきを話しているだけだと判じて、咲は貴の秘密を守るべく嘘をついた。

「そうでしたか……お咲さんが仰ったように、やっぱり戯作のような話はなかなかないものですわね」

肩を落とした姿は、やはりどこか九之助を思わせる。

と同時に、速水屋で聞いた梓の台詞《せりふ》が頭をよぎった。

——私も、もしも男だったら、今とは違う道が開けていたやもしれないと考えることがよくあります——

梓の関心を貴から更にそらすべく、咲は切り出した。

「あの、たった今、私も一つ戯作めいたことを思いついたんですが」

「まあ、どのような？」

「たとえば魔魅団三郎は、実は梓さん——」

梓と紀乃が揃って目を丸くした。

はっとして口をつぐむと、咲は二人の顔を交互に窺う。

「もしや……本当に？」

「まさか」

「え、ええ、まさかですよ、お咲さん。で、でもどうしてそんな……」

年の功か紀乃はすぐさまとぼけたが、梓は狼狽《ろうばい》して声を上ずらせた。

「どうしてって……梓さんが、お貴さんが四代目英治郎だったら、なんて言い出したのは、もしや梓さんも本当は、戯作者になりたかったからではないかと思ったんです。でも、梓さんが魔魅団三郎なら、団三郎が『人嫌い』で、九之助さんと顔を合わせないのも道理です。戯作者役をしている団三郎さんが、同じく戯作者の九之助さんとお話しなさったら、ぼろが出るやもしれませんものね。そういえば、梓さんたちも九之助さんと同じく下野《しもつけ》からいらしたそうですね。とすると、あの九之助さんが挨拶だけで済ませるとは思えませんし……」

理由を言葉にするうちに勘が冴《さ》えてきて、更なる推し当てが閃《ひらめ》いた。

「あの、もしや、九之助さんの本名は『宇之助』なのでは？」

梓と紀乃の驚き顔から、これも当たったようである。

「それなら、団三郎さんは九之助さんを、おそらく狐魅九之助と名乗る前からご存じだった……」

梓たちが顔を見合わせた途端、隣りの部屋から笑い声が聞こえてきた。

◎

「こりゃ参ったな、梓」

団三郎がにこやかに、再びこちらの部屋に顔を出した。

「盗み聞きしていたのね。もう！ お祖父ちゃんのせいでしょ。お祖父ちゃんが、九之助さんの名前を呼び間違えたから……」

むくれる梓に、団三郎はにやにやしながら首を振る。

「いんや。お前が調子に乗って、人様のことを戯作のねたにしようとしたからさ。いいじゃないか。もう、本当のことを話しても」

「そうよ」と、紀乃も頷いた。「こうなったからには、お咲さんと——九之助さんにも本当のことをお伝えしたら？」

「嫌よ。お咲さんはともかく、九之助さんにはまだ言いたくないわ」

他言しないと約束した上で、咲は三人から話を聞いた。

梓が魔魅団三郎ではないかという咲の推し当ては、半分だけ当たっていた。というのも、団三郎——本名はただの三郎とのことだが——も戯作者には違いなく、団三郎は主に子供向けの絵草紙を、梓は大人向けの恋物語を手がけているという。

「つまり、一人二役ならぬ、二人一役だったんですね？」

「そういうことです」と、二人と親しい紀乃が応えた。「ついでに明かしますと、九之助さんは梓さんの幼馴染みにして、初恋の君なのですよ」

「えっ？」

「お紀乃さん！」

梓は慌てたが、紀乃は団三郎と見交わしてにんまりとした。

「その昔、私の倅《せがれ》が手習い指南所で師匠をしとりましてな。梓と九之助は幼い頃、そこで机を並べとったんです」

だが、それもほんの二年ほどのことで、梓が九歳、九之助が十歳の時に、団三郎一家は、同じ下野国でも遠くへ引っ越した。また梓は当時、皆に「お豆」というあだ名で呼ばれていたため、九之助はまだ、梓が「お豆」だとは気付いていないそうである。

「梓から聞いたと思いますが、私は小豆飯が大好物でして、本当は孫には『小豆』と名付けたかったのです。しかし倅や嫁に反対されて、結句『梓』で落ち着きましたが、どうにも諦め切れなくて……梓が並より小さく生まれたこともあって、赤子の頃から年頃までは『お豆』と呼んでいたんですよ。はははははは」

団三郎は笑ったが、梓はむくれたままである。

「それであだ名が『お豆』だったんですか……でもそれなら、梓さんは本当は、九之助さんに打ち明けようと――思い出して欲しいとお思いなんでしょう？」

「それは……」

気まずそうに目を落とした梓の代わりに、紀乃が問うた。

「どうしてそう思われるのです？」

「先ほどお赤飯を買いに行った時、梓さんは九之助さんに、団三郎さんはお赤飯よりも小豆飯が好物だとわざわざ教えていらしたので」

九之助とのやり取りを話すと、団三郎は再び笑った。

「ははは、それでもやつは気付かなかったか……まあ、それだけお前が別嬪《べっぴん》になったってことだろう」

「爺莫迦はやめてちょうだい」

団三郎曰く、「小豆飯」は団三郎の好物である他、梓と九之助には「想い出」の食べ物だった。

「梓が八つの時に、怪我《けが》をした子狸を拾って来たんです。人懐《ひとなつ》こくて、『豆太《まめた》』と名付けて梓が可愛《かわい》がっていたので、怪我が治った後もしばらく飼っていたんですが、引っ越す前に倅が山に帰したんです。梓には、豆太は自ら帰ったことにして、こっそりと」

幼い梓が泣いて悲しんでいるところへ、九之助が赤飯を持って来た。

——何がそんなにめでたいの！　豆太がいなくなったから？　それとも私がいなくなるから？　ひどいわ！　帰ってちょうだい、この人でなし！——

「——と、そりゃあ凄まじい勢いで梓が怒鳴りつけたもんだから、可哀想《かわいそう》に、九之助は赤飯を抱えたままほうほうの体で帰って行ったんですよ」

息子夫婦が梓をなだめる中、団三郎が九之助を追い、その真意はすぐに判った。

この頃既に狐の虜になっていた九之助は、妖狐ばかりか妖狸《ようり》の言い伝えにも精通していて、手っ取り早く、小遣いをはたいて狸の「好物」の赤飯を買ったそうである。

——言い伝えでは小豆飯だったけど、お赤飯しか売ってなくて……けどまあ、似たようなもんだから、これを餌《えさ》に、豆太をおびき寄せられないかと思ったんです。でも、考えなしでした。あんな風にお豆ちゃんを怒らせちゃうなんて……——

「——という訳だったんです。けなげな話でしょう？」

結句、九之助は赤飯を団三郎に預けて帰り、梓は謝罪の機会を失したまま数日後に引っ越して、それきりとなった。

「……私が悪かったんです。でも、今となっては九之助さんも大概ですわ」

恥ずかしいのか、むくれ顔のまま梓も話し始める。

一家が引っ越したのは、団三郎の実家の商売を引き継ぐためだった。だが、十年余りの間に妻と息子夫婦を亡くした団三郎は、商売を親類に譲《ゆず》って、梓を連れて江戸に出た。それが三年前——九之助が江戸に来て四年目——のことである。

「祖父が書いた絵草紙を売り込みに行くうちに、狐魅九之助という戯作者がいることを知りました。名前を見てすぐ宇之助さんではないかと思い、本を読んでみて間違いないと判じました」

「それなら一丁こちらは狸を名乗ろうと、私の実名の三郎を入れて、冗談半分で筆名を魔魅団三郎としたんです。ついでに狸の絵草紙を書いてみたところ、これが売れましてね。同じ頃、版元を通じて九之助の住処《すみか》を知ることができたので、今更ですが、梓は昔のことを謝りに、やつの長屋へ行ったんですが……」

「が、どうしたんです？」

「九之助が留守《るす》にもかかわらず、女房面《にょうぼうづら》で出入りしている女がいたそうです。大層色気がある、自称『狐憑き』の女がね……それでこいつは臍《へそ》を曲げて、九之助とは会わずに帰って来たんですよ」

「臍を曲げてなんかいません。あの人が仕合わせなら、それでいいと思って……」

「はははは」

団三郎が笑う傍らで、紀乃も笑みを浮かべて口を挟む。

「そののち、梓さんは『江戸片思旅《えどかたおもいたび》』を書き上げました。けれども版元には、女だというだけで門前払いにされたのです。それで、しかたなく魔魅団三郎の作として売り込んでみたら、あれよあれよという間に刊行の運びとなったのです」

咲は読んだことはないが、「江戸片思旅」は下野国から江戸へ出て来た女が、幼少の砌《みぎり》に言い交わした男がやはり江戸にいると知って、やがて行方《ゆくえ》を探り当てるも、男はとうに別の女と一緒になっていた——という筋立てだという。

「というと悲恋ものに聞こえますが、女はもとより、男との約束は子供同士が交わした昔のことだと承知しているので、男への片想いよりも、道中での人情話や事件、新たな出会いがより多く描かれておりまして、結句、幼馴染みの男の仕合わせを祈りつつ、旅路で知り合った別の殿方とめでたく結ばれるのです」

「さようで……」

この「江戸片思旅」が売れて、梓は魔魅団三郎の名で次々恋物語を刊行するようになった。また、筆名と初めに売れた本が狸の絵草紙だったため、いつの間にか魔魅団三郎は「狸好き」という噂が広がったが、梓たちは特に正さなかった。「人嫌い」としたのは咲の推察通りで、恋物語は梓が書いているため、団三郎がそれらについて語れば、ぼろが出るだろうと考えてのことだった。

魔魅団三郎の名はやがて九之助も知るところとなり、作品よりも「狸好き」ということに興味を抱いたという九之助は、昨年末に初めて志津屋を訪れた。

「けれども九之助さんは、『お豆ちゃん』にはまったく気付かずに、『梓さん』に一目惚《ひとめぼ》れしたのですよ。それで梓さんは再び臍を曲げて、今に至るまで九之助さんに、自分が下野の『お豆ちゃん』だったことを内緒にしているのです」

「一目惚れなんかじゃないわ」

愉《たの》しげな紀乃の傍らで、梓は顔を赤らめている。羞恥《しゅうち》と不満、恋心がない交ぜになったような顔だ。

「ふふふ、一目惚れは大げさだとしても、あなたに会するごとに、恋慕《れんぼ》の情が深まっていることは確かよ。番頭からそう聞いてるわ」

「私もそう聞いとるでな」

団三郎がにんまりするのへ、咲もくすりとした。

「だから梓さんは、『物覚えもあまりよろしくない』などと言っていたんですね。九之助さんはあれでなかなか博識ですから、不思議に思ったんです。でもまあ、机を並べていたのが二年ほど、お別れしたのが十歳の時じゃ、覚えていなくても無理はありませんよ。一体、いつまで内緒にしておくおつもりなんですか？」

「判りません」と、梓はつんとした。「小豆飯を持ち出しても気付かないなんて、なんだか癪《しゃく》なので、しばらくこのままにしておこうと思います」

「ですが、梓さんも、九之助さんに気がおありなんですよね？」

「それも……判りません。下野での九之助さんは、子供ながらに物知りで、読み書きが得意で、狐のことの他にも、諸国のたくさんの物語を教えてくれました。なんなら私が今こうして戯作を書いているのも、九之助さんのおかげといえないことも……」

「それなら」

「でも、あの人ったら、あまりにも昔のまんまなんですもの。相変わらずちょっと変わり者で、遠慮がなくて、おしゃべりで……だから、戯作者としてはさておき、殿方としてのお付き合いは迷うところなのです」

そう言いつつも、梓の言葉や仕草には九之助への恋情が滲み出ていて、咲は思わず噴き出した。

「あのですね、梓さん。恋心がなければ、こうまで長く九之助さんに気を持たせたりせず、とっくに『幼馴染み』であることを明かしていた筈です。けれども、いまだ恋心があるからこそ迷っておられる——つまり、迷いが恋の証《あかし》ではないでしょうか？」

「迷いが恋の証……」

「何より、九之助さんは相当な変わり者ですよ。あれを『ちょっと』で済ませられるなら、それすなわち恋かと」

「あははは」と、団三郎が笑い出す。「よかったな、梓。これでまた一つ、戯作のねたができたじゃないか。恋の駆け引きだってんなら、私ももう、つべこべ言うまい。気を持たせてやるのもいいが、此度は悔いのないようにするんだな」

「もう……！」

口を尖らせた梓はまるで十代の少女のようで、咲は口角を上げて紀乃と見交わした。


　団三郎が言う通り、梓と九之助の恋こそ戯作のようだと、にまにましながら咲は志津屋を後にした。

　長屋の皆や修次に話したいが、さしあたっては他言無用と口止めされている。

　志津屋では結句、八ツ過ぎまで長居したものの、七ツにはまだ時がある。咲は浮き浮きした足取りのまま、雄悟を訪ねてみることにした。

湊橋《みなとばし》から箱崎橋《はこざきばし》を渡り、小網町《こあみちょう》から新材木町《しんざいもくちょう》沿いを北へ向かう。堀留町《ほりどめちょう》と大伝馬町を抜けると、咲は小伝馬町の二丁目へ足を向けた。

つい笑みを漏らしたのは、一昨年、修次と共に、しろとましろを追ってこの辺りを走ったからだ。双子と初めて出会った日のことである。

通りすがりの振り売りに訊ねると、雄悟の長屋はすぐに判った。

「おっ、早速来てくれたのか。散らかってるが、上がってくんな」

「桝田屋へ行ったので、ついでに……仕事中すみません」

「いいんだ。気にすんな。ちょうど一休みしようと思ってたところさ」

兄弟子から引き継いだ長屋は九尺二間で、男の住まいとしては片付いている方だ。だが、簞笥《たんす》や枕屛風《まくらびょうぶ》、煙草盆などの家具の他、仕事道具で部屋の半分近くが埋まっている。加えて、雄悟は今は煙草入れを手がけているようで、作りかけの煙草入れの他、革細工の道具が出しっ放しだ。

「兄貴は革細工が得意でよ。そればかりか、籠《かご》にも手を出そうとしていたみてぇで、まあ、いろんな道具がわんさかあって驚いたさ」

雄悟が開けて見せた簞笥の一番下の段には、籠細工《ざいく》どころか、銀細工や紐《ひも》作りに使う道具などもびっしり入っている。

「宝の山ですね」

「ああ。兄貴は煙草入れを主に作ってて、筒や紐、留め具、緒締《おじめ》なんかを全て、いつか自分で一から作りてぇと言ってたんでな」

煙草入れの袋や煙管筒は、布や革の他、紙、籠、木、竹など様々な材料で作られている。その上、紐や留め具、緒締などまで、全てを一人で作る者はまずいないだろう。

入れ物としては革の方がずっと丈夫で長持ちするが、咲が作る煙草入れは布を用いている。無論、紐や留め具、緒締は買っていて、己の手では作っていない。煙管筒は煙管の長さに左右されるため注文でしか引き受けておらず、既製の紙筒や網筒に袋と揃いの布を被《かぶ》せている。

「自分で、全て一からですか……面白そうですけれど、一つ一つ、よっぽど修業を積まないと、満足いく物はできないでしょう」

己はおよそ十五年を縫箔に費やして今がある。よって、それぞれの職人技を極めるとなると、百年生きても足りそうにない。

「まあな。多芸は無芸だと、兄貴は師匠によく言われていたが、全部自分の思いのままにできたら、さぞ楽しいだろうな」

「ええ」

煙草入れは手に余るが、咲も今は、分業せざるを得ない着物よりも、全てを一人で担《にな》える小間物の方が性に合っていると思っている。

全部は難しいけど、留め具や緒締なら、修次さんに頼めば「思いのまま」のができそうだけど……

紅屋《べにや》・牡丹家《ぼたんや》の女将のために合作した、牡丹に唐獅子《からじし》の煙草入れと煙管を思い出して、咲はくすりとした。

雄悟の作りかけの物を始め、しばらく、互いが作ってきた煙草入れの意匠や工夫《くふう》について語り合った。

咲に見せるべく雄悟が差し出したのは、袂落《たもと》としと信玄袋《しんげんぶくろ》、そして胴乱だった。

袂落としはその名の通り、袂に入れる振り分けの小間物入れで、首にかける紐の両端に袋がついている。雄悟のそれは縞《しま》の柄織で、緒締は象牙《ぞうげ》に唐草文様が彫《ほ》ってある。

信玄袋も縞柄の布だが、十寸ほどの長さの内、下の三寸ほどには薄く柔らかい革が被せてあって、より丈夫で意匠としても面白い。巾着と違って、袋口から見えている紐も、朽葉《くちば》色の革に合わせた色だが、よく見ると似たようで違った二色の糸で編《あ》まれている。

胴乱は最も凝《こ》っていて、厚めの黒紅色の革に竹林が刻《きざ》んである。袂落としや信玄袋には縞模様の布を買って来たが、胴乱の竹林の意匠は雄悟が自分で彫ったという。

咲が仕立てる袋は、あくまで縫箔を引き立てるためである。よって、巾着よりやや手間がかかる信玄袋は滅多に作らぬし、革製が多い胴乱は作ったことがない。袂落としも巾着や守り袋より手間がかかるため、なんとなく避けていたが、雄悟の物を見て一つ作ってみようという気になった。

「大したもんですね」

「うん」と、雄悟は臆面《おくめん》もなく頷いた。「この数年は、俺も革細工に凝っててな。もっと細けぇ細工もできなくはねぇが、こういうもんは、細かけりゃあいいってもんでもねぇからな」

「ええ……」

革に細工を施《ほどこ》すには修業が必要だろうが、底の方に被せて縫うだけなら己にもできそうだ。今一度、縫い方を確かめるべく、咲は胴乱を置いて、信玄袋へ手を伸ばした。

と、雄悟の手が己の手に重なった。

とっさに引っ込めようとして——思いとどまった。

それを同意と受け取ったのか、つかんだ手に力を込めて身を乗り出した雄悟を、怯《ひる》まず見つめて咲は問うた。

「どういう料簡《りょうけん》ですか？　よりを戻すつもりはないって仰いましたよね？」

自分でも驚くほどに、落ち着いた声だった。

——あんまし男を買いかぶらねぇ方がいいぜ——

——二人きりで顔突き合わせてりゃあ、ふらりその気にならねぇこともねぇ——

卯月《うづき》に思い返した修次の台詞が、ほんの僅かの間に再び頭を巡る。

梓たちに話した通り「昔の職人仲間」として、また、己にその気がないからといって、一人暮らしの男の家に女一人で気安く上がり込んだことは軽率《けいそつ》だった。

「放してください。そんなつもりで訪ねて来たんじゃありません」

すっと雄悟が手を放した。

「……すまねぇ」

目を落として身を引くと、雄悟は改めて咲を見た。

「なんだか肝《きも》が据わったな、お咲」

「八年前とはそりゃ違いますよ」

咲も信玄袋から手を引いて、やや砕《くだ》けた口調と共に微笑んだ。

「独り立ちしてからこの七年、一人で、腕一本で暮らしてきたんです。あっという間のようでいて、なんだかんだとありました。雄悟さんだってそうでしょう？」

「うん、まあ……いや、どうだろう？」

小首をかしげて、雄悟は苦笑とも自嘲《じちょう》とも見える笑みを浮かべた。

「いろいろあったが、俺ぁ結句、振り出しに戻った気も……そういや、お咲――いいや、お咲さんよ、啓吾って兄弟子にはもう未練はねぇのかい？」

「ど、どうして啓吾さんのことを？」

つい先ほど迫られた時よりも、咲は慌てた。啓吾のことは、雄悟には兄弟子の一人としか話しておらず、名前はもちろん、許婚《いいなずけ》だったことも明かしていない。

「そりゃあ、あんなにあっさり振られちゃあなぁ。もしや、あのことに不首尾があったのか、それとも他に何かあんのかと気になっちまって、あのあと、ちとお前さんの身辺を調べたのさ。そしたら親方のところに、俺と同い年で名前も似ている兄弟子がいるってんで、すぐに合点した。聞けば、お前さんは啓吾の許婚だったんだってな」

「そうですよ」

すぐさま落ち着きを取り戻して、咲は応えた。

「けれども、未練なんてもうこれっぽっちもありませんよ。実のところ、雄悟さんと馴れ合ってた頃は、まだ未練がありましたがね。でももう、別れてから十年になるんです。先だって親方のところで一緒に仕事をした時も、お互いさっぱりしたもんでしたよ」

「馴れ合いか……」

「ええ。だって雄悟さんも、あの頃、別の人を想っていたでしょう？」

雄悟の驚き顔を見て、咲はにんまりとした。

「当たりましたか？　ああ、もしかしたら、今も尚《なお》？」

「ど、どうしてそう思う？」

「振り出しに戻った気がするって、さっき言ったじゃないですか」

あれは江戸に戻って来たことではなく、女のことを言っていたのだと推し当てた。

束の間押し黙ったのち、雄悟は笑い出した。

「なんだお前さん、お見通しか」

「ええ、お見通しですとも。おゆみさんでしたっけ？」

しろとましろを、それから一度だけ共にした寝床《ねどこ》で、雄悟がこれまた一度だけ寝言でつぶやいた名を思い出しつつ、咲は再びにんまりした。

雄悟曰く、ゆみの父親は名古屋《なごや》の味噌《みそ》問屋の次男で、小田原にある出店を任されていた。十代だった雄悟とゆみは互いに想い合っていたものの、ゆみは家付き娘ゆえ、無名の一職人は婿にはできぬと親に反対されて、結句、本店の奉公人を婿に迎えた。

「親や店は捨てられねぇと、駆け落ちは断られちまってな。それが俺が十八ん時で、このままじゃあ未練が断ち切れねぇと、国を出て江戸に来たのさ」

こっちも「家付き娘」かい――と咲はつい、紀乃の顔を思い浮かべる。

江戸へ出て来て四年ほどで雄悟は咲と出会ったが、咲に「振られて」ほどなく郷里に帰った。人伝に、ゆみの夫が亡くなったと聞いたからである。

「未練がましい話だろう？」と、雄悟は今度ははっきり自嘲した。

ゆみが子宝に恵まれていないことを、雄悟はこれまた人伝に聞いて知っていた。ゆえになんらかの形でよりを戻せぬかと期待を抱いていたものの、親が決めた夫でも、ゆみはそれなりに情を育んでいたようだ。また、雄悟が郷里に帰った時には、ゆみの家は叔父の孫にあたる幼子を養子兼跡取りとして迎えていたため、養子の母親として生きていくと決めたゆみは、再び雄悟を振った。

「あんまりしつこくして嫌われたくねぇ、あいつが仕合わせなら、それでよしとしようと思って、潔く引いたさ。だが、江戸にとんぼ返りは格好がつかねぇからよ。親兄弟や昔の仲間と過ごすうちにねんごろな女もできて、国に居着いちまったのさ」

しかしながら、女とは長続きせず、この三年ほどで親兄弟を皆亡くしたところへ、兄弟子が死にかけていることを知ったという。

「なるほどね……でも、こちとら身代わりはごめんですよ。おゆみさんに未練がありながら、他の女を口説《くど》くのはおよしなさいよ」

「面目《めんぼく》ねぇ」

おどけて肩をすくめると、雄悟は付け足した。

「それにしても、お前さん……可愛げはなくなっちまったが、いい女になったなぁ」

「よく言われます」と、咲はにっこりしてみせた。「おかげさまで今はもてもてでして、昔の男なんてお呼びじゃないんですよ」


見送りは断って雄悟の長屋の木戸を出ると、通りの南からしろとましろの声がした。

「咲！」

「咲！」

振り向きざま、通りの斜向《はすむ》かいに豆太郎の姿を見つけて咲は驚いた。

駆けて来る双子を見やってから、豆太郎は咲を手招いた。

「豆太郎さん……今日はなんだかご縁がありますね」

「そうですな」

顔を合わせたのは二度目、日本橋の通町で見かけたことも数えると、三度目の偶然だ。

いや、これはきっと偶然じゃない……

思い巡らす間に追いついたしろとましろが、まとわりつくようにして口々に呼ぶ。

「咲！」

「咲！」

「なんだいもう、騒がしいね。そんなに大声で呼ばなくたって聞こえるよ」

「無事だった？」

「なんにもなかった？」

「なんにもって——こうしてぴんぴんしてるじゃないのさ」

「そ、そんならいいんだ」

「うん、そんならいいんだよ」

「一体なんだってのさ？」

「まあまあ」

双子と同じく、豆太郎も安堵の表情で、訝る咲を取りなした。

「ご無事で何よりです。おそらく、何かよからぬ勘が働いたんでしょう。この子たちは時々お見通しだそうですが、あくまで時々ですからね。時には勘が外れることもあるようです。なぁ、お前たち？」

「う、うん。おいらたち千里眼じゃないんだもん」

「なんでもかんでも、お見通しじゃないんだもん」

取り繕《つくろ》うように言った双子の頭を、かがんだ豆太郎が一つずつ撫《な》でる。

「よしよし、早かったな、お前たち。今日もよくやった」

双子が目を細めて喜ぶ傍ら、咲はおずおず問うた。

「あの、豆太郎さんは火消し――のような方だとこの子たちから聞いておりますが、一体、この子たちとはどういったお知り合いなんですか？」

改めて見てみると、背丈はおよそ六尺ほどで、着物から覗く手足も大きい。柔和《にゅうわ》な顔には目尻や口元の笑い皺の他は皺がほとんどなく、一見三十代に見えなくもないが、穏やかで澄《す》んだ目からするともっと年上の、四十代五十代とも思われた。

「ははは、私はそうですな……火消しのような者でもありますが、強《し》いて言えば、しろとましろの兄弟子でしょうか」

「兄弟子ですか」

お墨付きを得たからか、豆太郎を左右から挟んでしろとましろは胸を張った。

「そう。豆太郎さんはおいらたちの兄弟子」

「おいらたちの大先輩」

「ふうん……」

とすると、この人もお狐さまなのかねぇ……？

豆太郎の着物の柳文様を見て、咲はふと思い出した。

しろとましろの稲荷神社は和泉橋《いずみばし》の東側にあるが、西側の、二町ほど咲の長屋に近いところには柳森《やなぎもり》神社がある。柳森神社は長禄《ちょうろく》の頃、もとは江戸城の鬼門除《よ》けとして伏見《ふしみ》稲荷大社から稲荷神を勧請《かんじょう》したことに由来している。柳原《やなぎわら》に移ったのは明暦《めいれき》の大火の後だが、俗に「土堤《どて》の稲荷」や「火防《ひぶせ》の稲荷」の他「方除《ほうよけ》稲荷」とも呼ばれている。

「もしや豆太郎さんは、和泉橋の近くにお住まいですか？」

「いえ、今はあちらの方に」と、豆太郎は御城の方を指さした。「でも、神田はよく行き来しておりますよ」

今も御城を守っているということだろうか？

それとも、御城の向こう側……？

どのみち、睦月《むつき》の火事場にいたことは間違いなさそうである。

落ち着き払った豆太郎とは裏腹に、しろとましろが何やらはらはらした顔をしているものだから、咲は深追いを躊躇《ためら》った。

先ほどの「早かったな」という台詞から、豆太郎がこの場にいたのも、己を案じてのことだったやもしれないと、咲は思い巡らせた。長屋で「手込め」はなかろうが、なんらかの危険を見通して、双子に知らせたのやもしれない——と。

なぁんて、いくらなんでも、みんなそこまで暇じゃあないか……

くすりとしながら、咲はしろとましろ、それから豆太郎を順に見やった。

「ご存じでしょうが、この子たちもあっちへ行ったりこっちへ行ったり、忙しいようなんですよ。差し出がましいことと存じますが、この子たちのこと、どうぞよろしくお願いいたします」

「ははは、お任せください」

夕餉には大分早いが、咲は三人を柳川に誘ってみた。

残念ながら、まだ仕事が残っているという豆太郎には断られたが、しろとましろは喜んでついて来る。

松枝町《まつえだちょう》の柳川に着くと、花番のつるがにこやかに迎えた。

「いらっしゃいませ。今日は三人ですか？」

「はい。信太を二つにお揚げは三枚、この子たちのは小さいお椀《わん》に二つに分けて——」

「いつも通りですね。承りました」

振り向いて板場の清蔵《せいぞう》と孝太《こうた》に注文を伝えてから、つるが問うた。

「修次さんはお元気ですか？　しばらくお見限りだと、ちょうど孝太さんと話していたところだったんです」

　咲は六日前に神田明神で見かけたが、言葉を交わしたのは卯月以来で、勘吉から言伝を受け取ってからこのかた半月ほども梨《なし》のつぶてだ。

　返答を躊躇った咲より早く、しろとましろが口を開いた。

「修次は忙しい」

「仕事と友達のことで忙しい」

「でもって、今は品川《しながわ》にいる」

「修次は友達のために品川へ行った」

「そうなのかい？」

　驚いて問い返した咲へ、双子は重々しく頷いてみせる。

「喜兵衛のため」

「大事な友達のため」

　喜兵衛さんは、修次さんの「大事な友達」には違いないけれど——

　しかしながら、双子が言う「大事な友達」は喜兵衛のことなのか、それとも他の誰かを指しているのだろうかと、咲は考え込んだ。

　というのも、品川宿には修次がかつて仄《ほの》かに想いを寄せていた、元義姉の篠《しの》がいるからだ。

お篠さんだって、いまや「大事な友達」といえないことも……

時を待たずに運ばれて来た信太を喜ぶ双子を横目に、咲はざわめく胸を持て余した。

◎

続く二十日ほどを、咲はほとんど家にこもって仕事に励んだ。

隆之介の人形の着物に加え、狸の財布を先に手がけたために、守り袋や匂い袋は後回しとなり、結句、間で桝田屋や瑞香堂に顔を出すことはなかった。

人形の着物は、小袖を縫い終えたのちに肩衣に取りかかり、紀乃の言葉を思い出しながら、金銀の摺箔を一枚一枚、市松文様に入れていった。

――私ほど、あの子の仕合わせを願っている者はいませんよ――

合間に、雄悟とその想い人のゆみのことも幾度か思い出した。ゆみもまた家付き娘で、親や店は捨てられないと、好いた男よりも親が選んだ婿と一緒になった。

本当のところはどうなのか、咲には判らない。

紀乃が言う通り、隆之介はただの「弟分」に過ぎぬのやもしれない。

ゆみが雄悟を二度も振ったのは、もとより雄悟に飽《あ》いていたからやもしれない。

だが、紀乃が隆之介の、雄悟がゆみの幸せを願う気持ちは、どんな形だろうが愛情には違いなく、どちらの想いも咲を切なくさせた。

狸の財布は地色を黄金色より黄みの深い櫨染《はじぞめ》にして、古狸の毛はやや黒め、絵草紙のごとく着せた着物は浅縹《あさはなだ》と深縹《こきはなだ》の子持縞にした。煙草盆を傍らに置き、煙管を片手に、脇息《きょうそく》にもたれている様は洒落《しゃれ》っ気と愛嬌があって、団三郎に似ていると自負している。

でもって、心中では孫とその恋の行方を楽しみながらも、案じている――

財布を縫い始めて、団三郎はあえて九之助を「宇之助」と呼んだのではないかと咲は思った。咲に気付かせようとしたというよりも、梓の手応《てごた》えを楽しんでいたような気がする。団三郎が梓の恋を見守る様を思い浮かべると、自《おの》ずと弟妹の恋にやきもきしていた己も思い出されて、咲は針を進めつつ、時に笑みを漏らし、時にしみじみとした。

息子夫婦を亡くした団三郎は、親代わりとして梓を慈《いつく》しんでいる。江戸へ来たのも梓に戯作の才を認めていたから――つまりは自分のためではなく、梓のためではなかろうか。もしかしたら、九之助が江戸で戯作者になっていたことすら、前もって知っていたやもしれないなどと、あれこれ推察しながら咲は財布作りを楽しんだ。

着物は仕上げてすぐに月白堂に届けたが、桝田屋へ向かったのは水無月は二十日の八ツ過ぎ、財布に続いて守り袋を一つ仕上げた後だ。

通りすがりの松葉屋《まつばや》で修次を思い出したものの、縁台にその姿はなかった。

まだ品川にいるんだろうか……？

神田明神では目を合わせただけで、もう二月は修次と言葉を交わしていない。「そのうちに」と言伝を残したくせに、以来まったく現れず、なんの知らせもないままだ。しろとましろの神社と柳川は、仕事の合間にそれぞれ二度訪ねたが、双子にも朔日に会ったきりである。

帰りは柳原まで出て、あの子らの神社へ寄ってみようか――

そう思案しつつ、桝田屋の暖簾をくぐると、寿《ひさ》が声を上げた。

「お咲さん！　よかった。上がって上がって。皆さん、座敷にいらっしゃるのよ」

「皆さん？」

寿に急《せ》かされて向かった座敷には、美弥の他、修次と今一人、男がいた。

「修次さん」

咲が目を見張る傍らで、美弥が手を叩いて喜んだ。

「お咲さん、絶妙の間よ。隆之介さん、この方が縫箔師のお咲さんです」

寿が修次の隣りの男へ声をかけるのへ、咲は再び目を見張る。

「隆之介さん――」

化粧《けしよう》っ気がないため一見では判らなかったが、紛うかたなき桜井隆之介だった。

「どうしてまた……お二人はお知り合いだったんですか？」

「いんや」と、修次が首を振る。「さっき初めて知ったばかりさ」

修次が簪《かんざし》を納めに来たところ、前後して隆之介がやって来て、咲の名を出したそうである。

腰を下ろした咲へ、隆之介が口を開いた。

「お咲さんのお名前は少し前に、お紀乃さんからお聞きしました。お咲さんが、狐魅九之助という戯作者のために作った財布に大層感心しておられまして……それから、先日は出来上がった人形を、客先に届ける前に見せてくださいました。人形はもとより、着物が実に細かく丁寧に仕上がっていて驚きました。お紀乃さんも、出来栄《できば》えをそれは喜んでおられました。それで今日は、私も一つ、何かお咲さんに注文しようと思って訪ねてみたんです」

「十日に来なかったから、今日は来るだろうと踏んでいたのだけれど、いつとは言えないので、注文だけ承っておこうとしていたところだったのですよ」

「そういうことでしたか」

頷きながら、咲は守り袋と財布を取り出した。

「ああ、お紀乃さんが言ってた通りだ。どちらも素晴らしいですね。狸の財布は、梓さんの注文でしたね。団三郎さん、喜ぶだろうなぁ。守り袋も鶏《にわとり》とはちょうどいい――」

此度の守り袋は来年七歳になる酉《とり》年生まれの子供用にと、鶏の土鈴《どれい》を意匠としていた。

「あら、もしや注文は、酉年のお子さまへの贈り物ですか？」

「あ、いえ……知り合いの子供が来年七つになるので……でも、守り袋はやめておいた方がいいですね。きっと親が支度するでしょうから」

お紀乃さんのお子さんへだろうか？

いや、お紀乃さんも酉年だ――

今年三十路の紀乃は啓吾と同い年ゆえに、咲は干支を容易《ようい》に思い出すことができた。

襖戸《ふすまど》から寿が呼んだ。

「お美弥さん、お得意さまがいらしたの。ちょっと店に顔を出してくれないかしら？」

「はい。隆之介さん、すみません。お咲さんと相談なさっていてください」

美弥がお腹《なか》を庇《かば》いながら店の方へ姿を消してから、咲は問うた。

「あの……注文はもしや、お紀乃さんへの贈り物ですか？」

「いやまあ、その、私としては日頃のお礼を差し上げたいところなのですが、あの人は何もいらないと……せっかくだから何か自分の物を――役者らしいこだわりの物を、一から作ってもらえと言われてしまいました」

「だったら、縫箔の注文は自分の物にして、俺の簪をお買い上げ願えねぇかと思ったんだが、大店の、ましてや人妻にゃあ、平打《ひらうち》は勧められねぇからな」

「そ、そうなんですよ。修次さんの簪も素晴らしい逸物《いちもつ》には違いないんですが……」

ああ、やっぱり、と咲は思った。

やはり二人は、一度は男と女の仲だったんだろう……

紀乃が隆之介のことを語った時と同じく、隆之介が紀乃を語る言葉の向こうには、男女の絆が感ぜられる。

「お紀乃さんと隆之介さんは、いい仲だとお聞きしました」

「それはただの噂です。私とお紀乃さんは、けしてそのような仲ではありませんよ」

言下に、役者らしく穏やかに隆之介は否定した。

「すみません」と言いつつも、少々鎌をかけてみたくなったことは事実だ。「もちろんそういう意味ではなくて、昔から気心がしれている、幼馴染みのような、姉弟のような仲だと梓さんやお紀乃さんからお伺いしました。お紀乃さんはまた、こうも仰っていました。『私ほど、あの子の仕合わせを願っている者はいませんよ』と……隆之介さんが千両役者となる日を、本当に楽しみにしていらっしゃるようでした」

「そうなんですよ。達者《たつしゃ》でね、仕合わせにねって、あの人、事あるごとに言うんです」

これまた隆之介は役者らしく微笑んだが、その声は微かに震えた。

「私の仕合わせは、あの人が仕合わせでいることです。いつか千両役者になって、旨《うま》い物でも着物でも、なんでも好きな物を手に入れて、生涯役者として生きていく……それが桜井隆之介の望みであり、お紀乃さんの望みでもあるんです。ですから、これからもしっかり芸を磨いて参りますよ」

千両役者になれば、旨い物や着物は容易《たやす》く得られるようになるだろう。けれども、どんなにお金を積んでも、手に入らないものもある——

「なんでも好きな物を——か。流石《さすが》役者、豪気だな」

からかい口調だが、修次も隆之介の想いに気付いたようだ。

「そんじゃあこれからは、俺もささやかながら贔屓にさしてもらおうか」

「どうぞよしなに」

にっこりとした隆之介へ、咲は勧めた。

「ここは一つ、お紀乃さんのお言葉通り、何か役者らしいこだわりの物を——たとえば、袂落としはいかがですか?」

「袂落としですか」

「一見、表からは見えませんが、それだけに季節を問わず、桜井隆之介として桜の意匠が使えるかと。一つは朝桜として清々《すがすが》しく華やかな、もう一つは夜桜としてしっとりと霊妙な意匠にしてはいかがでしょうか？」

「そりゃあいい。そうしてください」

「意匠をいくつか描いてお渡しします。もしも迷われるようでしたら、お紀乃さんにご相談なさってみてください」

「そうですね。あの人の見立てなら間違いありませんから。ああ、今から仕上がりが楽しみですよ」

「私もです」

「俺もだ。お咲さん、出来上がったら俺にも見してくれよ」

秘密を分かち合うがごとく、咲たちは三人揃って笑みを浮かべた。

半刻ほどかけて桜の意匠を五つ描いて隆之介に渡すと、修次と共に桝田屋を後にした。

「松葉屋に寄ってかねぇか？」

「うん、いいよ」

通町を北へ歩きながら、咲はあえて隆之介と紀乃の話を避け、代わりにしろとましろの「兄弟子」だという豆太郎のことを話の種にした。すると、修次が言うには、御城には木像の狸が御神体として祀《まつ》られている福寿神祠《ふくじゅしんし》があるという。

「この狸は、かの桂昌院《けいしょういん》さまの秘蔵でよ。『お狸さま』と呼ばれているそうだ。像は高さ五寸ほど、幅三寸ほどと小せぇらしいから、「豆狸」といえねぇこともねぇ。豆狸は土地によっては、『まめだ』と呼ばれることもあるらしいぜ」

「ああ、だから『豆太郎』……そんならもしや、梓さんが助けた豆太って子狸が豆太郎さん――いや、いくらなんでもそりゃないか。でも、豆太を助けたお礼として、梓さんを見守っているのやも」

「他にも梓さんが自分と同じく並より小さな赤子だったこと、『お豆』ってあだ名、魔魅団三郎って筆名、小豆飯が大好物の爺さんなんかにも、縁を感じているのやもしれねぇぞ。けれども、しろとましろの兄弟子なら、やっぱりお狐さまやもな。柳文様の着物で『火消しのような者』ってんなら、お咲さんの推し当て通り、豆太郎さんは柳森神社のお狐さまで、『仲良し』のお狸さまの手伝いをしてるってこともありうるぜ」

「ふふ、お狐さまだろうがお狸さまだろうが、いい人だったよ、豆太郎さんは。あの子たちも懐いててさ」

そうこう話すうちに松葉屋に着いて、修次は咲をいつもの縁台に促《うなが》した。

「……いい人っていいや、こないだのあいつは誰なんでぇ？」

「こないだの？」

「神田明神で一緒にいたやつさ」

「ああ……あの人は雄悟さんっていう袋物師でね」

誤魔化すか否か刹那《せつな》迷って、咲はさらりと付け足した。

「ほんのしばしの付き合いだったけど、昔の男さ」

「そ、そうかい」

「うん。もう八年も前の話で、私に振られた後、郷里に帰っちまってね。卯月に師匠に呼ばれて、江戸に戻って来たんだって」

「お咲さんが振ったのか？」

「そうだよ。久方ぶりだったから、仕事のことで話が弾んだけど、それだけさ」

「ふうん……」

どことなく安堵の表情を浮かべた修次をからかいたくなって、咲は再び口を開いた。

「あんたの昔の女にも会ったよ」

「えっ？」

「ちょいと前にさ、浅草御門前で、しろとましろが九之助さんをつけていたって言ったろう。実はあのあと、お紺《こん》さんに会ったのさ」

「お紺に？　けど、お咲さん。俺ぁ、あいつとはあれきりだし、あいつは今はもう別の男と身を固めてて――」

「うん、そう聞いたよ。お紺さんの口からも」

うろたえた修次へ、咲はにんまりとした。

「けれども、お紺さんが言うには、あんたは近頃、深川《ふかがわ》の娘さんに入れ込んでるみたいだね。まだ二十歳前の、若くて器量好《よ》しと仲良くしてたって聞いたよ」

「ち、違う。そりゃ間違いだ。入れ込んでねぇし、仲良くしてもいやしねぇ。そもそもあの人は器量好しではあるが、もう中年増《ちゅうどしま》で……」

どうやら女といたことは本当らしいが、紺はやはり咲に妬心《としん》を抱かせようと、ことを大げさに伝えたようだ。

「もう中年増ねぇ……」と、同じく中年増である咲はにやにやした。「そういやもう一つ、しろとましろからも聞いたんだった。あんた、品川へ行ったんだってね」

「それは……」

修次が口ごもったところへ、しろとましろの声がした。

「咲！」

「修次！」

通りの反対側から駆けて来ると、縁台に座っている咲たちを見下ろして、双子はえらそうに言った。

「よしよし、今日は一緒だな」

「咲と修次、二人一緒だな」

「二人ともお見限りだったじゃねぇかよぅ」

「とんとお見限りだったじゃねぇかよぅ」

二人の言葉から、修次もまた、双子とは会っていなかったとしれた。

「そら、お前たちもだろう。俺ぁお前たちがいないかと、何度か柳原の稲荷に足を運んだんだぞ」

修次が言うと、しろとましろは顔を見合わせてから注意深く応えた。

「おいらたち、ちょっと里帰りしてた」

「大事な用事があって、里帰りしてた」

「里帰りか……道理で見かけなかった筈だ」

「修次もだろ？」

「修次も品川へ帰ってたんだろ？」

「まあな。帰ってたってのは、ちと違うが……」

修次が顔を曇《くも》らせるのへ、しろとましろも眉をひそめる。

「どうした、修次？」

「何があった？」

「何か、おいらたちにできることなら力になるぞ？」

「おいらたちでも、きっと何かの役に立つぞ？」

「一体、何があったんだい？」

咲も問うと、修次は困った目を咲へ向けてから、双子を見上げた。

「実は、俺ぁこのところ、ずっと人を探していてよ。お前たちを見込んで助太刀を頼みてぇ。お前たちはほら、時々お見通しだからよ……」

一も二もなく、しろとましろは頷いた。

「もちろんするぞ」

「助太刀するぞ」

「おいらたちは修次の友達だからな」

「修次はおいらたちの大事な友達だからな」

張り切って、揃って双子が胸を叩くと、これまた揃って二つの腹が鳴った。

「ははは、お前たち、腹が減ってんのか？」

「ちょっと空《す》いてる」と、向かって左の、おそらくしろが言った。

「おいらも空いてる」と、向かって右の、おそらくましろも言った。

「そんなら、ちょいと遅いおやつを兼《か》ねて団子でも食うか？　ああ、菓子なら五十嵐《いがらし》の方がいいか？　なんでもいいぜ。俺が馳走《ちそう》すっから、お前たちの食いたいもんで先に腹ごしらえしよう」

顔を見合わせて、双子はくるりと背中を向けた。

咲たちには聞こえぬ声でしばし囁《ささや》き合ったのち、再びくるりとこちらへ向き直る。

「おいらたち、柳川に行きたい」

「信太が食べたい」

「それに、孝太とおつるさんも寂しがってた」

「修次がお見限りだって、寂しがってた」

「そうか。うん、柳川もしばらく無沙汰してたな……よし、じゃあ、みんなで柳川へ行くか。お咲さんもいいだろう？　あんたにも話を聞いて欲しいんだ」

「もちろんいいさ」

「よし、行こう！」

「みんなで行こう！」

声を高くした双子へ微笑んで、修次が折敷《おしき》に茶代を置いて立ち上がる。

先導するがごとく双子は咲たちの前を歩き始めたが、すぐに振り返って、おもねるように修次を見上げた。

「修次」

「修次」

「なんだ？　どうした？」

「おいらね、今日は二枚お揚げが食べたい」

「おいらも今日は、二枚食べたい」

「ああ、食いねぇ、食いねぇ、二枚食いねぇ」

歌うように修次が頷くと、しろとましろも目を細めて口を揃えた。

「食うとも、食うとも、二枚食うとも！」

喜び勇んで足を早めた双子を追いつつ、咲は修次と笑みを交わした。

第三話　南天《なんてん》の花

咲《さき》と修次《しゅうじ》、しろとましろは、四人で柳川《やながわ》で腹ごしらえしたのち、人気のない柳原《やなぎわら》の稲荷《いなり》神社でしばらく話し込んだ。

　それでも七ツ半には帰宅したが、いつもなら夕餉《ゆうげ》の支度《したく》や湯屋《ゆや》への行き帰りで賑《にぎ》やかな長屋がひっそりしている。

「あっ、お咲さん」

　咲に気付いたしまに手招かれて、咲は密《ひそ》やかに近付いた。

「どうしたんですか？」

「由蔵《よしぞう》さんと保《たもつ》さんが、横になってんのよ」

「保さんも？」

「二人とも喉《のど》が痛くて、身体《からだ》がだるいんだって……由蔵さんがおやつは遠慮《えんりょ》するって話してたら、保さんがお店《たな》の人と一緒に帰って来てさ」

　保は日中は、次男の婿《むこ》入り先の紺屋《こんや》で働いている。

「どちらも風邪《かぜ》だろうって話してんだけど、夏風邪は長引くっていうからさ。由蔵さんはもともとここしばらく弱っていたし、保さんもお歳《とし》だし、大事を取って、二人にはしっかり休んでもらおうって、藤次郎《とうじろう》さんからのご通達だよ」

「判《わか》りました」

しまと話すうちに、賢吉《けんきち》を抱いた路《みち》と、勘吉《かんきち》を伴った福久《ふく》が湯屋から帰って来た。

「おさきさん」

路から言い含められているのだろう。勘吉が小声で呼んで駆け寄った。

「あのね、とうじろうさんから、ことづて。よしぞうさんと、たもつさんが、かぜひいたんだって。だから、みんなしずかにしようって」

「そうかい。道理でみんな静かだね。言伝《ことづて》、ありがとさん」

「うん……ふたりとも、はやくなおるといいなぁ」

「そうだね。けどその前に、風邪なら、私らも気を付けないといけないよ」

「はぁい……」

居職組《いじよく》で柳川に行った後のこの一月余り、由蔵の具合は相変わらずだった。時に微熱が出たり、気怠《けだる》かったりする中、細々と仕事は続けているものの、横になっても眠りは浅いままだそうで、ずっと疲れた顔をしている。目方も年明けと比べて五斤《ごきん》ほど落ちたようで、前より明らかに細く――否、小さくなった。

医者の見立てでは「要するに歳」とのことで、咲を始め長屋の者も、いまやそういうものかと渋々ながらも納得している。

六十二歳の保は長屋の最年長ゆえに、同じく「歳」といえぬこともないが、しまや福久の話では、此度《こたび》は二人とも、触れてすぐ判るほど熱が出ているという。

夕餉に続いて風呂《ふろ》も早めに済ませてしまったが、仕事をする気にはなれずに、咲は日暮れてまもなく床《とこ》を取った。

横になって目を閉じるも、由蔵や保と共に、喜兵衛《きへえ》を案じて気を沈ませる。

修次曰《いわ》く、喜兵衛は肺を患《わずら》っているばかりか、もう長くないらしい。今まで住んでいた長屋も皐月《さつき》末日で引き払って、碁敵《ごがたき》の徳永《とくえい》のもとへ身を寄せたそうである。

具合が悪いと聞いてはいたが、死期が迫っている様子に咲は少なからず驚いた。修次も初めは諦《あきら》め切れずに別の医者に診《み》せたそうだが、見立ては変わらなかったという。

修次の尋《たず》ね人は、喜兵衛の娘だった。

喜兵衛にはかつて、一つ年上の喜久江《きくえ》という姉さん女房がいたが、娘を死産したのち亡くなった――と、徳永は聞いていた。しかしながら修次は四年ほど前に、喜兵衛が酔った折に一度だけ、実は娘は生きていて、とうに嫁《よめ》入りしたと耳にした。ただし嫁入りしたことの他は、名前さえ判らずじまいのままだった。

此度、喜兵衛が余命短いことを知った修次は、改めて娘のことを問うてみたが、喜兵衛は「今更もういい」と、取り合わなかった。

――そうは言っても、本当は会いてぇんじゃねぇかと思ってよ――

そう推察して、修次はお節介《せっかい》を焼くことにした。品川宿《しながわ》へ行ったのも、喜兵衛や喜久江の過去、それから娘の行方《ゆくえ》を探るためだったという。

――けれども大したことは判らなかった。徳永爺《じじ》ぃが言うには、喜兵衛爺ぃが祝言を挙《あ》げたのは三十路《みそじ》で、俺《おれ》が生まれる前だった。俺が出会った時は爺ぃは友達の煙草屋《タバコや》で働いてたんだが、若《わけ》ぇ頃《ころ》は『喜平《きへい》』って名の幇間《ほうかん》でよ。おかみさんは三味線《しゃみせん》弾きで、二人はお座敷で知り合って、互いに『喜』の字がつくってんで親しくなったそうだ――

品川宿で、当時を知る老婆から、喜久江には深川《ふかがわ》に親しい友がいたと聞いて、修次は深川に行ってみることにした。残念ながら友の名前は判らなかったが、喜久江と同じく三味線弾きではなかろうかと当たりをつけて、桝田屋《ますだや》の寿《ひさ》に頼んで、深川で三味線の師《し》匠《しょう》をしている桔梗《ききょう》に橋渡しをしてもらったそうである。

――桔梗さんがお弟子《でし》さんを貸してくれて、このお弟子さんと一緒に深川の三味線弾きや三味線師を訪ねたのさ。お紺《こん》と顔を合わせたのはこの時だ――と、修次は言った。

修次は今日、簪《かんざし》を納めに桝田屋を訪れたが、簪は喜兵衛の薬礼を稼《かせ》ぐための他、桔梗に橋渡しをしてくれた寿への礼を兼ねていたらしい。けれどもいまだ喜兵衛の娘の居所どころか、喜久江の友だという女さえ見つけられずにいるという。

――品川には結句十日いたが……ああ、世話になったのは羽水屋《うすいや》じゃねぇぜ。お篠《しの》さんとは顔を合わせることもなかった――

羽水屋は、修次の亡き兄の妻だった篠が新たに嫁《とつ》いだ旅籠《はたご》だ。己が勝手に邪推《じゃすい》しただけで、双子が言っていた「大事な友達」は、やはり喜兵衛のことだったのだ。

――品川を離れて六年経《た》ったが、いやはや、俺がいた頃とは大分様変わりした。ついでに大崎村《おおさきむら》にもちょいと足を延ばしてみたんだが、兄貴の鍛冶《かじ》小屋はとっくに建て直されて、もう跡形もなかったさ――

少々寂《さび》しげに、だがどこか吹っ切れたように、修次は穏《おだ》やかな笑みを浮かべた。

修次の兄の徹太郎《てつたろう》は鍛冶小屋で、自分が打った刀身を胸に受けて死していた。刺したのか刺されたのか――自殺か他殺かは判らぬままだが、当時、兄に義姉との不義を疑われていた修次は、古巣の品川宿をずっと避けていたようだった。

大崎村の話を聞いた時、咲は弥四郎《やしろう》宅を思い出していた。

女でも弟子になれたことや縫箔《ぬいはく》の修業は咲には大きな喜びだったが、弥四郎宅を去った主な理由は啓吾《けいご》との破談、つまりは男女のことだったため、長らく弥四郎宅には苦い思いを抱いていた。だが時を経《へ》て——殊《こと》に先だって弥生《やよい》に弥四郎宅で皆と仕事に携《たずさ》わってから——わだかまりは過去のものとなった。

無論、時が全《すべ》てを癒《い》やすことはない。それでも、修次のわだかまりもそれなりに落ち着いたようで、篠のことと併《あわ》せて咲はどこかほっとしたものだ。

しかしながら、喜兵衛の死は、修次に新たな悲しみをもたらすだろう。

早く娘さんが見つかりますように——

夜具の中で改めて、咲は稲荷大明神《だいみょうじん》に手を合わせた。

❀

「悪《わり》ぃな。うつしちまったかな」

「なんの、お互いさまだ。お互い歳だからな……それに風邪なら、出職《でしょく》の俺が先に由蔵さんにうつしちまったかも……」

翌朝、福久にも熱と喉痛が出て、由蔵と保が弱々しくやり取りを交《か》わした。

長屋の残りの皆、殊に居職の四人は、にわかに忙しくなった。食事の支度や洗濯《せんたく》の他、厠《かわや》への行き帰りや、着替えをそれぞれ手分けして手伝う。保や由蔵の代《か》わりはできないが、福久が請け負《うお》っていた内職は、しまと路が片付けることになった。その分、咲や藤次郎は家事や子守を多めに引き受けて、あっという間に日が暮れる。

夕刻に帰って来た茶汲《ちゃく》みの幸《さち》も熱っぽく、喉に痛みが出てきたそうで、夫の新助《しんすけ》の帰りを待たずに横になった。

「仲間の長屋でも、一人、寝込んでるのがいるそうだ」

「うちも、ちょいと前に、四、五日休んでたやつがいたなぁ」

大工《だいく》の辰治《たつじ》や石工《いしく》の五郎《ごろう》が言うように、巷《ちまた》にはちらほら風邪にかかった者がいるようだ。小暑《しょうしょ》を過ぎてから徐々に暑さが増していることもあり、中には暑気あたりと思《おぼ》しき者もいるらしい。ただし、まだ亡くなった者の話はなく、皆、三日から七日のうちにはよくなっていると聞いて、咲はひとまずほっとした。

一日置いて、二十三日の夕刻、咲は湯島横町《ゆしまよこちょう》の生薬屋《きぐすりや》へ向かった。

幸は昨日は一日寝込んでいたが、まだ二十四歳と若いからか、今日の昼過ぎには熱も下がり、顔色も良くなっていた。しかし他の三人は微熱と咳《せき》が続いていて、食欲も衰《おとろ》えたままである。

生薬屋で由蔵の薬の他、熱冷ましを頼んでいると、千太《せんた》がやって来た。

「お咲さんも、どこか悪いんですか？」

「ううん。長屋の人が、このところ具合が悪くてさ。あんたは徳永さん――いや、喜兵衛さんのお遣いかい？」

「はい。喜兵衛さんのこと、お咲さんもご存じだったんですね」

「徳永さんちに移ったってのは三日前に聞いたばかりだけど、具合がよくないとは卯月《うづき》から耳にしていたよ。肺を患っているそうだね」

薬を買ってから、咲たちは連れ立って神田《かんだ》明神へ行き、皆の平癒《へいゆ》を祈願した。

境内《けいだい》で、咲は今少し詳しく喜兵衛のことを聞いた。

千太は、修次が喜兵衛の娘を探していることを知っていた。

「修次さんに頼まれて、喜兵衛さんから娘さんの名前や居所を訊《き》き出せないかと、それとなく訊《たず》ねてみたんだ。そしたら、『こんなんじゃあ、ますます合わせる顔がねぇ。修次にも、余計なことはすんなと伝えとけ』って……でも前より声が弱々しくて、おれにはやっぱり、娘さんに会いたがっているように見えた」

「そうかい。修次さんはちっとも諦《あきら》めていないし、助《すけ》っ人《と》も得たようだから、早く娘さんが見つかるといいんだけどね」

「うん。おれも手伝えたらいいんだけど……」

「あんたは、仕事と喜兵衛さんのお世話で手が一杯だろうに」

「まあ……でも、お世話は言うほど手間じゃないんだ。おむめさんで慣れてるし、男同士だから、おむめさんの時より気楽だし……でも、亡くなることには慣れてない。苦しいよ。喜兵衛さんがつらそうにしているのも、徳永さんが悲しそうにしているのも」

むめは徳永の妻で、疝気《せんき》を患い、昨年の葉月《はづき》に夫と千太に看取《みと》られて亡くなった。

「そりゃ慣れないし、苦しいよ。親しい人なら尚更《なおさら》さ」

修次も喜兵衛と親しい分、おそらく千太よりも苦しんでいるだろう。そう想像すると、咲も胸が苦しくなった。

気を紛《まぎ》らわせるべく、咲は話を変えた。

「そういや、お冴《さえ》ちゃんはどうしてんだい？　お理代《りよ》さんも……」

千太の姉の冴は一度は吉原《よしわら》に売られたが、油屋・福栄屋《ふくえや》の理代に身請けされた。理代の腹違いの弟の祥太《しょうた》が命懸《いのちが》けで冴を助けたことや、冴の弟の千太が祥太に似ていたことが縁となったのだ。

「二人とも達者《たっしゃ》に暮らしてます。お理代さんは相変わらず、姉ちゃんを妹のように大事にしてくれていて……」

理代は昨年、冴を身請けするために、十五歳で自分の倍ほども年上の従兄弟《いとこ》を婿に取った。だが、婿を店主にするつもりは毛頭なく、番頭を始めとする奉公人たちの支持を得て、理代が福栄屋の「女将《おかみ》」となった。ただし、今もまだ十六歳の若輩《じゃくはい》ゆえに、早く一人前の店主となるべく、日々忙しく過ごしているという。

「姉ちゃんもお理代さんを手伝ってるから忙しいけど、お理代さんが、月に一、二度はおれを福栄屋に呼んでくれるんです。姉ちゃんと一緒に過ごせるように……でも手伝いはおろそかにできないから、おれはお理代さんを手伝う姉ちゃんを手伝ってる。と言ってもまだ大したことはできないけれど、おかげさまで少し商売が判ってきたよ」

「そいつはいいね。商売を——殊に金勘定《かねかんじょう》を知っていて損はないよ」

「徳永さんや喜兵衛さんからも、同じことを言われました」

婿は「話が違う」と不満らしいが、理代も冴も奉公人たちには好かれていると聞いて、咲は安堵《あんど》した。

妻恋《つまこい》稲荷に寄って帰るという千太と境内で別れると、咲は大鳥居を出て、幸が勤《つと》める茶屋・麦屋《むぎや》へ寄った。

「お幸さんから言伝です。熱が下がったので、明日は仕事に参ります、とのことです」

女将にそう伝えると、咲は神田明神を後にした。

帰りしな、湯島横町を過ぎた辺りでふと思い立ち、昌平橋《しょうへいばし》を渡って柳原へと足を向ける。妻恋稲荷に向かった千太に倣《なら》って、己は柳森《やなぎもり》稲荷にも祈願しようと考えたのだ。

鳥居をくぐってすぐに、境内にいた豆太郎《まめたろう》と目が合った。

豆太郎の向こうから、しろとましろも顔を覗《のぞ》かせる。

「咲……」

二人揃《そろ》って力なく、つぶやくように咲を呼ぶ。

「あんたたちも来てたのかい？　豆太郎さんも……」

「二人とは、先ほど近くで顔を合わせましてね。困りごとがあるようなので、お参りを兼ねてこちらに寄ったんです。何かあったら力になってやってくれと、ご両親にも頼まれていますので」

「……豆太郎さんは、この子たちのご両親をご存じなんですか？」

「ええ。親御さんとは――殊に父親とは昵懇《じっこん》の間柄《あいだがら》です。今は私の方がしろとましろの近くに住んでいるので、この子たちがちゃんと奉公しているかどうか、何か困っていないか、常々目を配っているんですよ」

「さようでしたか」

「さようなのです」

そう言って豆太郎はにっこりしたが、しろとましろは浮かない顔のままである。

「あんたたち、困りごとってのはなんなんだい？　差《さ》し支《つか》えなければ教えとくれ。内緒で秘密ってんなら仕方ないけどさ。何か、私に手伝えることがあれば力になるよ」

ちらりと互いに見交わして、双子は小声で打ち明けた。

「……まだ見つからないんだ」

「……喜兵衛の娘が見つからないんだ」

「おいらたち、此度はお見通しじゃない」

「此度はちっともお見通しじゃない」

咲が長屋でてんてこ舞いしていたこの三日ほど、しろとましろは喜兵衛の娘を探していたらしい。

「こんなんじゃ修次をがっかりさせちまう」

「こんなんじゃ修次に合わせる顔がない」

「せっかく修次が頼りにしてくれたのに」

「おいらたちを見込んで頼りにしてくれたのに」

唇《くちびる》を嚙《か》んでしょんぼりするしろとましろの前で、咲はかがんだ。

「うまくいかない時もあるさ。まだほんの数日じゃないか。修次さんは、もう二月ほども探してきたんだよ」

正直なところ、多少の落胆がなくもなかった。

二人に対してではない。ただ、咲は二人は稲荷大明神のお遣い狐《きつね》だと信じているがため、しろとましろが手を貸すなら、喜兵衛の娘は明日にでも見つかるのではないかと考えていた。ゆえに双子がこうまで打ちひしがれていては、娘が見つかる見込みはないやもしれぬと懸念《けねん》したが、すぐさま内心頭を振った。

「平気、平気。きっと見つかるさ。たとえすぐには見つからなくても、修次さんはあんたたちにがっかりしやしないよ。友達のあんたたちが、こうしてお手伝いしてくれるんだもの。それだけで修次さんは嬉《うれ》しいさ」

己は縫箔師で、神でも仏でもない。よって明言は避けるべきかと束《つか》の間《ま》迷ったが、稲荷大明神への信心を込めて、咲は殊更明るい声で双子を励《はげ》ました。

「お咲さんの言う通りだ」

双子が見上げると、豆太郎もややかがんで、両手でしろとましろの肩に触れる。

「私もできうる限り手伝おう。私にもお前たちにも他に仕事があるゆえ、しばし時がかかるやもしれん。もしかしたら、三人で探しても尚、見つからぬやもしれん。だが、しろにましろ、もしもお前たちと修次さんの立場が反対だったら、お前たちは修次さんにがっかりするのか？」

「……しない」

「がっかりしない」

「だって友達だもん」

「修次は友達だもん」

「だろう？」

豆太郎が肩を撫《な》でると、双子はようやく愁眉《しゅうび》を開いた。

「さあ、お参りしよう。修次さんの尋《たず》ね人が見つかるように、一緒に祈ろう」

「はぁい」

「はぁい」

三人の後ろから、咲も祈願するべく社《やしろ》へ近付く。

社の左右には神狐の像があるものの、どちらが豆太郎か、はたまたどちらも違うのか、咲にはなんとも判じ難《がた》い。

それぞれ二礼二拍手一礼して祈願を終えると、豆太郎が咲へ振り向いて微笑《ほほえ》んだ。

「それにしても、修次さんとお咲さんはなかなか面白いご縁ですな」

「面白い――ですか？」

「ええ。お二方とのご縁は、この子たちにはかけがえのないものとなりました」

咲たち二人のことかと思いきや、咲たちと双子の縁のことらしい。

でもどちらにしたって、「面白い」ご縁には違いない――

「これからも、この子たちをどうぞよろしゅうお願いいたします」

小さくだが頭を下げた豆太郎の隣りで、しろとましろも神妙な顔でぺこりとする。

「どうぞよろしゅう」

「こちらこそ、どうぞよろしゅう」

同じようにぺこりとしたものの、顔を上げた咲と、しろとましろの三人は、申し合わせたように噴き出した。

「もう！　あんたたちまでかしこまっちゃあ、こちとら調子が狂っちまうよ」

「ふふっ」

「ふふふっ」

今少しとどまるという豆太郎たちに暇《いとま》を告《つ》げて、咲は暮れ始めた家路に就《つ》いた。

続く数日で幸に保、福久はすっかり回復したが、由蔵は風邪はともかく前からの不調はそのままのようで、まだ疲れが見える。

「俺もまああよくなったさ」

「強がりはよしておくんなさい。じっくり休んで、しっかり治さないと」

咲は呆《あき》れてみせたが、由蔵は苦笑と共に首を振る。

「強がりじゃあねぇ。殊更年寄りぶる気はねぇが、寄る年波にゃあ逆《さか》らえねぇ」

「歳のせいにするのもやめておくんなさい」

「けど、自分のことだ。見て見ぬふりはできねぇよ」

「由蔵さん……」

「そんな顔すんない、お咲ちゃん。そりゃあ、還暦《かんれき》や古希《こき》を迎えてもぴんしゃんしているお人もいるぜ。けどよ、みんなこうして、大なり小なり身体が利《き》かなくなって、遅かれ早かれあの世に逝《い》くのさ。俺も、もちっと暑さが和《やわ》らげば、もちっといい薬を飲めば、多少はましになるかもな。だが残念ながら、今より若返るこたぁねぇ」

聞けば、由蔵は父親よりも祖父に見目姿が似ているそうで、祖父も大病や大怪我《おおけが》はなかったものの、四十路《よそじ》を過ぎた頃から少しずつ身体に「がたがきた」そうである。

「おととしよりも昨年、昨年よりも今年の方がちぃとばかしきつい……って言ってたな。俺も四十路からは、まさにそんな風に過ごしてきたさ。時々昨年よりましだと思うことがあっても、今んとこ、おととしよりよくなるこたぁねぇ。だが、俺の親父《おやじ》は四十路前に卒中でぶっ倒れてその日のうちに死んじまったが、祖父《じい》さんの方はなんだかんだ七十二まで生きた。最後の方はよぼよぼだったが、縄ないの内職をして、厠も一人で行ってたさ。だからお咲ちゃんも、俺のこたぁそう案ずるな。俺だってまだ死にたくねぇからよ。ちょいと仕事を減らして、休み休み、騙《だま》し騙し、しぶとく生きてくさ」

「それならいいけれど、きつい時はちゃんと知らせてくださいよ」

「へいへい」

由蔵とそんな話を交わしてから更に数日が過ぎ、水無月《みなづき》末日の朝、修次が長屋へやって来た。いつも月末か月初に桝田屋へ行く咲に、簪を届けて欲しいと言うのである。

喜兵衛の娘の行方はいまだ判らず、手がかりも途絶《とだ》えたままらしく、修次は浮かない顔をしている。

「今日も、娘さんを探しに行くのかい？」

「いや、今日は大人しく仕事をしようと思ってら。爺ぃの知り合いを訪ねて回ってんだが、爺ぃの分も稼がなきゃならねぇからな……」

修次は品川宿へいた間を除き、三日にあげず喜兵衛を見舞いに徳永宅に出入りしているらしい。喜兵衛はほぼ寝たきりで、食もますます細くなってきたという。

品川宿で幇間から煙草屋の店者《たなもの》となった喜兵衛は、自身が煙草呑《の》みだったこともあり、神田に移ってからもしばらく煙草売りをしていた。だが、神田で知り合いが増えるにつれ、そのつてで、同じ行商でも餅《もち》や飴《あめ》、笠《かさ》や下駄《げた》、小間物や古着など、売り物を変えて暮らしを立ててきたそうである。ずっと長屋暮らしで、「宵越《よいご》しの金は持たねぇ」と豪語するほどではないが、長屋者のご多分に漏《も》れず、有り金はそうないようだ。しかしながら昔取った杵柄《きねづか》か、喜兵衛はお調子者でありながら、人懐《ひとなつ》こく、愛嬌《あいきょう》たっぷりで人好きのする者らしい。よって徳永や修次の他にも、金や薬、食べ物を差し入れる者がいるという。

「前はもっと友人知人がいたんだけどよ。ほとんど爺ぃと似たような年頃だから、この五年ほどでめっきり少なくなっちまった。殊に、爺ぃの昔を知ってるような古い知り合いは、軒並《のきな》みお亡くなりになっててよ……」

喜兵衛の具合が悪くなるまで、修次は徳永を友にして碁敵としか知らなかったが、徳永も実は品川宿の出で、喜兵衛とは幼馴染《おさななじ》みだった。しかし徳永は、十五歳で神田の櫛《くし》師《し》——むめの父親——に弟子入りし、二十三歳で婿入りした。徳永が神田へ越して以来三十五年ほど——八年前に喜兵衛が神田に越して来るまで——二人は年に一、二度しか顔を合わせることがなかったようだ。

「それでもおそらく、今、爺ぃのことを一番よく知ってんのは徳永爺ぃだ」

「でも、その徳永さんでさえ、娘さんが生きてたことを知らなかったんだろう？」

「そうなんだ……品川じゃあ爺ぃが幇間だったことや、女房がいたことを知ってるやつさえ見つからなかった」

溜息《ためいき》をついた修次を、咲は桝田屋へ誘った。

「そのざまじゃ、大した物は作れないだろう。私もちょいと気晴らししたいから、桝田屋まで付き合いな」

「そうだな……うん、そうすっか」

修次をしばし外で待たせて、咲は急ぎ着替えて表へ出た。

と、木戸を出て南へ五町ほど歩いたところで、後ろからしろとましろの声がする。

「咲！」

「修次！」

駆け寄った二人は硬《かた》い顔で修次を見上げて、躊躇《ためら》いがちに口を開いた。

「……ごめん。まだ見つからないんだ」

「まだ見つけられないんだ。ごめんな、修次」

「おいらたち、此度はどうやらお見通しじゃない」

「お見通しじゃないから、なかなか見つからない」

「でも、おいらたち探してるから」

「お遣いの合間にだけど、ちゃんと探してるから」

「うん」と、修次が嬉しげに頷いた。「ありがとうよ、二人とも。俺の方こそ、変な頼みごとしちまってすまねぇな」

少しかがんで修次が双子の頭を撫でると、しろとましろは今度はもじもじとする。

「いいんだよぅ」

「ちっとも変じゃねぇんだよぅ」

「おいらたち、助太刀《すけだち》するんだよぅ」

「修次を助太刀したいんだよぅ」

「ははは、そんならもうしばらく頼もうか。ただし、奉公やお遣いはおろそかにしねぇようにな」

「うん。おいらたち、ちゃんとやるさ」

「奉公もお遣いもしっかりやるさ」

一転して胸を張った双子へ、咲は問うた。

「今日は寄り合いかい？」

というのも、二人は今日は風呂敷包みを背負っているからだ。以前、二人が風呂敷包みを背負っていた時は「寄り合い」への道中だと聞いた。

「ううん、お遣い」

「豆太郎さんのお遣い」

「ふうん、豆太郎さんのねぇ……」

「深川へ、お稲荷さんを買いに行くんだ」

「おいらたちにも、後で馳走《ちそう》してくれるんだって」

「ふふふふふ」

「ふふふふふ」

稲荷寿司《ずし》はしろとましろの好物で、富岡八幡宮《とみがおかはちまんぐう》の鳥居の近くには二人のお墨《すみ》付きの稲荷寿司の屋台がある。孫助《まごすけ》という男が営《いとな》んでいるこの屋台の稲荷寿司は、由蔵と勘吉の好物でもあった。

「そんなら私も桝田屋で箱を借りて、長屋のみんなに土産《みやげ》にしようかね。修次さんも一緒にどうだい？」

「深川か……」

「修次も行こうぜ」

「一緒に行こうぜ」

「ううーん、俺ぁ今日は仕事があっからよ……」

双子は眉《まゆ》を八の字にしたものの、仕事と聞いて大人しく引き下がった。

二人の後を咲たちも並んで歩き、日本橋を渡ったところで、しろとましろに三町ほど離れた海賊橋《かいぞくばし》で待つよう告げる。

「守り袋を納めたら、すぐに行くからさ」

「合点《がってん》だ。じゃあな、修次」

「またな、修次」

「おう、またな」

修次は双子へ手を振ったが、結句、桝田屋でのひとときののち、咲たちは四人で深川へ向かうことになった。


「あら、今日はお二人ご一緒なのね。よかったわ。桔梗さんから、修次さんへ言伝を預かってるの。お咲さんに頼もうと思っていたけど、手間が省《はぶ》けたわ」

桝田屋を訪れてすぐ、寿からそう告げられたからである。

「ええと、修次さんの尋ね人……ああ、娘さんの方じゃなくて、そのお母さんと親しかった女の人が見つかったそうよ。お和佳《わか》さんってお名前でね。残念なことに、お和佳さんはもうお亡くなりになっているのだけれど、そのご友人だという男の人なら、喜久江さんと娘さんのことも何か知ってるやもしれません、と仰ってたわ。この男の人が、なんとあの人なのよ、お咲さん。八幡さまの近くの、稲荷寿司の孫助さんよ」

顔を見合わせて、咲たちは早々に桝田屋を後にした。

「これもあいつらのお導きかな？」

「あの子らというよりも、豆太郎さん――いいや、稲荷大明神さまのお導きじゃないかねぇ？」

くすくすしながら海賊橋へ向かうと、袂《たもと》で待っていたしろとましろが顔を輝かせた。

「修次だ！」

「修次も来た！」

「やっぱり修次も一緒に行く？」

「一緒にお稲荷さん買いに行く？」

「うん。お稲荷さんもいいが、孫助さんに訊きてぇことができたんだ。孫助さんの友達が、喜兵衛爺ぃのおかみさんの友達だったそうなんだ」

「つまり孫助は……」

「……喜久江の友達の友達？」

小首をかしげる様からして、二人は何も知らずに来たようである。

でも、これが偶然とは思えない――

修次と見交わして、咲は双子を橋へと促《うなが》した。

「その通りだよ。孫助さんの友達は、お和佳さんっていうんだって。お和佳さんは喜久江さんと仲良しだったってから、孫助さんもお和佳さんから何か、喜久江さんや娘さんのことを聞いてるかもしれないだろう？」

「よし、行こう！」

「孫助に訊きに行こう！」

色めき立って、咲たちは富岡八幡宮へ向かった。

だが、双子を認めて顔をほころばせた孫助は、修次の口から和佳の名を聞いた途端《とたん》に眉をひそめた。

「お和佳さんはご近所さんだったが……それだけだよ」

「ご友人だったとお聞きしましたけれど？」と、咲は口を挟んだ。

「おいらも聞いた」

「そう聞いた」

咲の左右から、しろとましろも口々に言う。

「孫助は和佳の友達だって」

「でもって、和佳は喜久江の友達だって」

「喜久江は喜兵衛のおかみさん」

「修次は喜兵衛の娘を探しているんだよ」

喜久江や喜兵衛の名を聞いてはっとしたところを見ると、孫助はやはり何か知っているようだ。孫助を見つめて、修次が再び口を開いた。

「俺は喜兵衛爺ぃ――いや喜兵衛さんの、あえて言うなら友人でして、喜兵衛さんがどうももう長くないようなんで、娘さんの行方を探しているんです」

眉根を寄せたまま溜息を漏らすと、孫助はしろとましろの方をちらりと見やった。

「内緒の話？」

「秘密の話？」

察し良く問うた双子へ孫助が小さく頷くと、二人は顔を見合わせてから、背負って来た風呂敷包みを下ろした。

「だったら、おいらたちは先に帰る」

「お稲荷さんを買ったらすぐに帰る」

「そんならいいだろ？」

「そんならゆっくり話せるだろ？」

風呂敷には塗箱が一つずつ包まれていた。咲たちも桝田屋で一つずつ塗箱を借りていて、併せて四つの箱に詰めてもらうと、稲荷寿司は売り切れとなった。

「早く帰ろう」

「帰って、お稲荷さんを馳走になろう」

塗箱を風呂敷に包み直して今度は両手で大事に抱えると、しろとましろは暇の挨拶《あいさつ》もそこそこに、ほくほく顔で去って行く。

「今日はしょっぱなから売れ行きが良かったが、まさかもう売り切れちまうたぁ……こんなこたぁ初めてだ」

まだ四ツ半にもならぬだろう時刻である。孫助の驚きは無理もないが、これも稲荷大明神か、はたまた豆太郎のおかげだろうと咲たちは再び見交わした。

「あんたは前にもあの子らと……それから、お寿さんとも来てくれたね？」

咲を見やって、孫助はようやく顔を和らげた。

「はい。私は咲といいます。神田で縫箔師をしております。修次さんは錺師《かざりし》でして、私たちは二人とも、お寿さんの義理の娘さんの小間物屋にお世話になっているんです」

「ふうん……」

手早く屋台を畳《たた》んで、孫助は切り出した。

「内緒話じゃねぇんだが、子供に聞かせる話でもねぇと思ってな。喜平さんは――ああ、今は喜兵衛さんだったか……喜兵衛さんはほんとにもう長くねぇのかい？」

「はい。あとせいぜい二月くらい――冬までもたねぇだろうと医者には言われやした」

「そうかい……実はお和佳さんは、お多喜《たき》へも俺へも諸々《もろもろ》喜兵衛さんに口止めされていたんだが、昨年、亡くなる前に俺に打ち明けてくれた。もしもの時は、二人を引き合わせた方がいいだろう、ほんとはずっとそうしたかった、ってな」

「娘さんは、お多喜さんっていうんですね？」

「うん。喜平さんと喜久江さんは互いの『喜』の字が縁で夫婦になったから、娘だったら『多喜』にしようと、生まれる前から決めていたんだとさ」

和佳と喜久江は同い年で、二人は二十歳《はたち》の時に知り合った。和佳は女郎、喜久江は三味線弾きとしてである。三年後に和佳は身請けされて深川に移り、年に一、二度しか会えなくなったが、二人の友情は変わらなかった。

「深川に来て六年経って……お和佳さんが二十九歳の時に旦那《だんな》が亡くなってな。お和佳さんは一人で生きてくために、煮売屋を始めた。それから五年が過ぎた頃、喜久江さんがお和佳さんを訪ねて来たんだ。旦那に言われて品川を出て来たが、他に頼るところがねぇってんでな。喜久江さんが身重だったこともあって、お和佳さんは一も二もなく手元に引き取った」

「喜久江さんの旦那ってのは、喜兵衛さんのことですね？」と、修次が確かめる。

「もちろんだ。詳しいこたぁ知らねぇが、二十五年前、喜兵衛さんは、あるやくざ者の裏切りを知っちまって、そいつに脅《おど》され、ついには追われる羽目《はめ》になったらしい。それで喜久江さんに品川を離れるように告げて、自分も高崎《たかさき》に逃げたそうだ。だが翌年、お多喜が生まれてほどなくして、喜兵衛さんが高崎で辻斬《つじぎ》りに遭《あ》って死んだと知らせが届いた。どうやらその辻斬りは、やくざ者が喜兵衛さんを始末するために雇《やと》ったみてぇだとも……それで、喜久江さんは自分も狙われるやもしれねぇと恐れて、三味線弾きは諦《あきら》めて、お和佳さんの店を手伝うようになったが、お多喜が六つの時に風邪をこじらせて逝っちまった」

「道理で見つからない筈《はず》だよ」と、咲は修次と顔を見合わせた。

「お和佳さんは煮売屋で、喜久江さんも三味にかかわっていなかったとはな……じゃあ、お多喜さんは、お和佳さんが育ててくだすったんで？　それから喜兵衛さんは、いつお多喜さんのことを知ったんですか？」

「うん、喜久江さん亡き後は、お和佳さんがお多喜を育てたさ。喜兵衛さんがお多喜のことを知ったのは八年前だ。これもお和佳さんからの又聞きだが、喜兵衛さんは品川から逃げた翌年に、宗作《そうさく》って男から、喜久江さんが娘を死産したのちに亡くなったと知らされたそうだ。だが八年前に宗作が死んで初めて、それが嘘《うそ》だったと知ったらしい」

「うん？　宗作ってのは、喜兵衛さんが働いてた煙草屋の主の宗作さんで？」

「その宗作だ」

　小首をかしげた修次へ、孫助はむっつりとした。

「喜兵衛さんとは長年の友達だったそうだが、とんだ裏切り者さ。何故《なぜ》なら、喜久江さんに喜兵衛さんが殺されたと知らせたのも宗作だったんだ。でもって、喜久江さんやお多喜が生きていることを、宗作は喜兵衛さんにずっと隠してた。品川に戻って来た喜兵衛さんに、喜久江さんとお和佳さんの偽《にせ》の墓まで教えてな」

　喜久江や多喜のことを隠すために、宗作は和佳まで死んだことにしていたようだ。

　宗作の死後、多喜が無事に生まれていたことや、喜久江が死したのはその五年後だったと知った喜兵衛は、泣いて悔しがったという。

「たりめぇさ。喜兵衛さんは、戻ろうと思えば戻れねぇこたなかったのに、喜久江さんも赤子も亡くしたと思って、結句、七年も高崎にいたってんだ……」

孫助に暇を告げると、咲たちは永代寺《えいたいじ》門前から山本町《やまもとちょう》を回って大川《おおかわ》の方へ向かった。

「あの宗作さんがなぁ……」

修次は十一歳の時に喜兵衛と知り合ったが、喜兵衛はその前から宗作の煙草屋で働いていた。宗作とは喜兵衛ほど親しくなかったが、修次にとっては喜兵衛の友にして「気のいい煙草屋の親爺《おやじ》」だったそうである。

孫助が聞いた話では、八年前、喜兵衛が和佳の煮売屋を訪れた時、多喜は折悪く留守《るす》だった。喜兵衛は初めは多喜の帰りを待つつもりだったが、和佳と事の次第《しだい》を確かめ合ううちに、多喜が嫁入り間近だと知って、結句顔を合わせずに、和佳に自分のことを口止めして帰って行ったという。

――無心に来たと思われたくねぇ。お多喜が仕合わせならもういいさ――

宗作には借金があり、宗作亡き後、煙草屋は人手に渡ったらしい。深川を訪ねた当時喜兵衛はその日暮らしだったことに加えて、多喜の嫁《とつ》ぎ先が大店だったことから、金目当てと思われたくなかったようである。

――それでも喜兵衛さんはお多喜のことを気にかけていて、折々にこっそり様子を見に来ていたんだと。殊に三年前にお多喜が離縁された時は、お多喜を案じて、それまで三月に一度ほどだったのに、月ごとに訪ねて来たらしい。だがほどなくして、お多喜が柳橋で働き始めてからは、深川へは滅多に来なくなったそうだ——と、孫助は言った。

多喜の勤め先は、柳橋の船宿だった。

喜久江は家では三味線をよく弾いていて、多喜は喜久江亡き後、煮売屋を手伝う傍《かたわ》ら、和佳のつてで両国《りょうごく》の師匠から三味線の他、笛も学んだ。やがてどちらも玄人裸足《くろうとはだし》といわれるようになったものの、十八歳で嫁入りしてからは、どちらもめっきり鳴らさなくなった。しかれど四年後に離縁されたのち、多喜は三味線と笛の腕前を買われて、屋形船や屋根舟を出している船宿・小糸屋《こいとや》に住み込みで雇《やと》われたという。

大川まで戻ると、咲たちは永代橋ではなく、下之橋《しものはし》を北へ渡って、大川沿いを両国橋まで歩いた。道中で昼九ツの鐘を聞いたが、昼餉は取らずに先を急ぐ。

柳橋は、両国橋の西の袂から一町ほど北にある。

連《つら》なる船宿の看板を見て行くと、小糸屋はすぐに見つかった。

咲たちがそれぞれ名乗ると、女将がにっこりとする。

「鎹師の修次さんに、縫箔師のお咲さん、どちらもお名前はお聞きしております」

修次はともかく、己の名まで知っていると聞いて、咲は少なからず驚いた。

「私のこともご存じで？」

「豊久《とよひさ》の女将さんとは長い付き合いでしてね。お咲さんは、お佳枝《かえ》さんの財布を作った方でしょう？　縫箔師のお咲さんが、江戸に二人もいる筈がありませんもの。女の縫箔師だって他にいるかどうか……近頃は、守り袋や匂い袋が売れているそうですね」

「それほどでも。ですが、何かの折にはどうぞよしなに」

「それでお二人は、今日は一体どういったご用向きで？」

多喜を訪ねて来たと聞いて、女将は微《かす》かに眉根を寄せた。

「お多喜はあいにく出かけているんですが、お多喜になんの用ですか？　つけでも溜《た》まってるんですか？」

女将に問われて、修次は隠さず応えた。

「そんなんじゃありやせん。実は親父さんがもう長くねぇんで、一度顔を出してもらえねぇかと思いやして」

「えっ？　孫助さんが？」

「孫助さん？」

女将に続いて修次も目を丸くしたが、咲はすぐに合点した。

「お多喜さんには、孫助さんがお父さんのような人だったんですね」

孫助は四十代半《なか》ばと咲は見た。和佳は喜久江と同い年で、喜兵衛より一つ年上だから、生きていれば五十九歳で、孫助より十歳余り年上だ。二人が男女の仲だったかどうかは判らぬが、親しい間柄だったことから、孫助は多喜にも身近な存在だったと思われる。はたして咲の推察通り、多喜にとっては長らく和佳が母親代わり、孫助が父親代わりだったと女将は言った。

座敷で事の次第を明かすと、女将はしばし考え込んでから告げた。

「判りました。お多喜には聞いたままを伝えますが、あの子が喜兵衛さんに会いたがるかどうかは判りませんよ。孫助さんからお聞きになっていないようですが、あの子は長《なが》月《つき》にお嫁にいくんです。お相手は御《ご》家《け》人《にん》の井上《いのうえ》さまの次男坊なんですよ」

「御家人？」と、咲たちは驚いて声を揃えた。

「の、次男です。ですからこう言ってはなんですが、生まれてから一度も顔を合わせたことがない、長屋暮らしをしてきた父親に、今更会いたいと思うかどうか……たとえあの子がそう望んでも、井上家には反対されそうです」

女将には、喜兵衛が生業《なりわい》としてきた幇間や振り売りを蔑《さげす》む気持ちはないだろう。船宿ならば、幇間は芸妓《げいぎ》と共に身近な存在で、振り売りも日々の暮らしに欠かせない。だが武家が嫁の親として好まぬだろうことは、咲にも容易に想像できる。多喜はおそらく、相応の武家に養子に入ったのちに嫁入りする筈だ。

小糸屋を出ると、咲たちは柳原へ向かった。

「お咲さん、大分歩いたが、足は平気かい？」

「これくらい、なんてこたないさ」

「ならいいが……長々と歩かせちまって悪かった」

「いいんだよ。私だって、喜兵衛さんの娘さんの行方は気になってたからさ。名前ばかりか、居所まで判ってよかったよ」

「うん。俺ぁ、この足で徳永爺ぃんとこに行って来る。喜兵衛爺ぃに、お多喜さんのことを知らせてやりてぇんだ。会ってくれるかどうかは別として、お武家に嫁入りするってことをさ……」

和佳が亡くなったのが昨年の葉月、多喜の嫁入りが決まったのは三月前のことだというから、喜兵衛はおそらくまだ、此度の嫁入りは知らぬに違いない。

「お咲さんには昼餉に蕎麦《そば》でも馳走してぇところなんだが、今日のところは貸しにしといてくんな」

「いいんだよ」

しろとましろを思い出しながら、咲は繰り返した。

私だって、あんたに助太刀したかったんだから――

「こんなの貸し借りの内に入らないよ。それに、今日はお稲荷さんがたっぷりあるからね。帰ってゆっくりいただくさ」

「ははは、そうだった。今日はこいつがあったな」

咲がそうしたように、修次も稲荷寿司の包みを掲《かか》げて笑う。

川北へ向かう修次と和泉橋の手前で別れると、咲は空腹をなだめつつ長屋へ帰った。


翌朝の五ツ過ぎ、修次が再び長屋へやって来た。

咲が喜兵衛の具合や昨日の首尾を訊ねる前に、大真面目《おおまじめ》に修次が切り出す。

「お咲さんは、筥迫《はこせこ》は作れっか？」

「筥迫？　そりゃ作れないこたないけれど――」

「じゃあ一つ頼む。もちろん簪は俺が作る」

筥迫は金襴《きんらん》や羅紗《らしゃ》などを使った、華やか、かつしっかりした作りの小間物入れだ。主に奥女中や身分が高い武家の娘が用いていて、懐中から覗かせる筥迫の左側には飾《かざ》り房《ふさ》を付け、びらびら簪を挿していることが多い。

「注文はありがたいけどさ。まずは、どういう成りゆきなのか教えとくれよ」

咲が苦笑を漏らすと、修次もようやく顔を和らげる。

「そうだな。すまねぇ」

喜兵衛は和佳の死は知っていたが、多喜の嫁入りは知らなかった。卯月の終わりに小糸屋には行ったものの、いつも通り多喜の姿を眺めただけで帰って来たそうである。

――これで見納めだと覚悟してったからよ。このまま会えなくても構わねぇ。けれども、あいつが巡り巡ってお武家に嫁ぐってんなら、筥迫を一つ持たせてやりてぇ。お咲さんに頼めねぇか？　もちろん、簪はお前に頼みてぇ――

「爺ぃが言うには、喜久江さんも実は武家の出だったってんだ。だが、親父さんの主家が取り潰されて、親父さんは浪人になっちまった。それで、喜久江さんが二十歳の時に親子で江戸を出ることにしたんだが、上方への道中で親父さんとおふくろさんが相次いで亡くなって、喜久江さんは結句、一人で江戸に戻ったらしい」

喜久江は三味線の他、琴も得意だったが、琴は江戸を出る前に売ってしまった。だが三味線は旅中もけして手放さず、その腕前が認められて、女郎に身を落とさずに、品川宿で三味線弾きとして暮らすようになったという。

「喜久江さんは三味線の他に、筥迫を大事にしていたそうだ。その筥迫は親父さんが喜久江さんの嫁入り道具の一つとして作らせた物でよ。結句、親父さんが浪人になったことで嫁入りは叶《かな》わなかったが、売り払うには忍びなかったそうでな。今はおそらくお多喜さんが持っているんだろうが、爺ぃはこの際まっさらな、お多喜さんのためにあつらえた筥迫を贈りてぇんだと。受け取ってもらえるかどうかは判らねぇが……」

「いくらなんでも、贈り物を突っぱねるこたないでしょうよ。いんや、万が一にもそんなことがないように、いらないなんて言わせない、なんならお金を積んででも欲しいと思われるような物を作ろうじゃないの。この私とあんたでさ」

喜兵衛か修次の、はたまた二人の弱気な言葉を吹き飛ばすべく咲が言うと、修次は一瞬ののちに破顔した。

「うん、そうだ。お咲さんと俺が作るもんを、突っぱねる莫迦《ばか》はいねぇやな」

「その通りさ。それで意匠はどうすんだい？　喜久江さんの筥迫は、どんな色柄だったんだい？」

「それがなぁ……」

頬を掻《か》きつつ、修次は苦笑を浮かべた。

「簪は牡丹《ぼたん》でびらびらには蝶《ちょう》がついてたそうだが、筥迫の方はぼんやりとしか覚えてなくて、地は紺色っぽく、松皮菱《まつかわびし》にやっぱり牡丹の花と、他にも何やら色とりどりにちらほらしてたってんだ」

「何やらって、なんだい？　蝶々かい？」

「蝶やもしれねぇがそれだけじゃなく、花やら文様やらだったみてぇだ」

顔をしかめた咲へ、修次はくすりとした。

「そう案ずるない。おんなし物を作ってくれとは言われてねぇんだ。松皮菱はもしかしたら、喜久江さんの家に縁がある文様かもしれねぇからそのままにして、後は俺たちの好きにしていいってよ」

「ふうん……となると、昨日、お多喜さんに会えなかったのが悔やまれるね」

多喜と顔を合わせていれば――その着物や小間物を見ていれば、どんな物を好んでいるか、どんな色や花が似合うか当たりをつけることができた。

「そんなら、これからまた行ってみっか？　昨日の返事も知りてぇし……」

修次の焦りは判らぬでもないが、咲は小さく首を振る。

「いや、今日はやめとこう。こういうことは、しつこくしない方がいい。あの女将さんなら、昨日のうちに事情をちゃんと話してくれたろう。だから、お多喜さんが喜兵衛さんにすぐにでも会いたいと思ったら、昨日か今朝のうちに飛んでったろうよ。もしかしたら、今頃顔を合わせているやもしれないね……でも、そうでなけりゃ迷ってるってことだから、せめて明日まで待ってみようよ」

「そうか……判った。じゃあ、明日また、爺ぃんとこに顔を出してから、こっちに寄せてもらうとすっか。筥迫の寸法や意匠は、そん時にまた相談さしてくれ」

修次が慌ただしく帰って行ったのち、咲はしばし迷って外出の支度を整えた。

木戸へ向かう咲を、勘吉が目ざとく認めて呼び止める。

「おさきさん、おでかけ？　おしごと？」

「うん、お仕事さ」

「またおいなりさん、たべられる？」

「今日は難しいね。今日は深川までは行かないからさ。けど、お稲荷さんなら、昨日たっぷり食べたじゃないのさ」

「でもおいら、きょうもたべられるよ。おいなりさん、だいすきだもん。よしぞうさんも、おいなりさんがだいすきだよ」

孫助の稲荷寿司は、咲の遅い昼餉とみんなのおやつ、由蔵の夕餉となった。由蔵は昨日は調子が良かったようで、おやつと夕餉で併せて六つも平らげた。

「こら、勘吉！　お土産のおねだりはよしなさい」

「……はぁい。いってらっしゃい、おさきさん」

「はいよ。行って来ます」

路と共に見送る勘吉へ手を振ってから、咲は南側の木戸を出た。

小伝馬町の雄悟《ゆうご》を訪ねるべく、通りを左右に折れつつ南へ歩く。

実は、咲は筥迫を作ったことがない。

作れないことはない――と言った言葉に嘘はないが、咲がこれまで手がけてきた二つ折りや三つ折りの財布や紙入れと違い、筥迫は簪挿しや胴締め、帯に挟む落とし巾着《きんちゃく》などが付いた凝《こ》った作りになっている。作ったことがないばかりか、咲は一つも筥迫を持っていないため、まずは手本になる筥迫が必要だ。

筥迫が作れるかと修次に問われて、真っ先に雄悟が思い浮かんだ。

あらゆる袋物を手がけてきた雄悟なら、筥迫の作り方も諳《そら》んじている筈だ。いっそ己《おの》は表布の縫箔や落とし巾着のみに専念し、筥迫への仕上げは雄悟に任せてしまった方がよい気もするが、咲は全て己が手で作りたかった。

雄悟が昔の男だからというよりも、紅屋の牡丹に作った煙草入れと煙管《キセル》や、飯屋・胡桃屋《くるみや》の杏輔《きょうすけ》が春海《はるみ》への妻問いに贈った櫛《くし》入れと櫛のように、此度も修次と、二人の合作として仕上げたいのだ。

ただし、見様見真似の知識では、修次の簪に見合う筥迫は作れぬだろう。

早足で雄悟の長屋の木戸まで来ると、咲は一つ大きく呼吸した。

先だっても「その気」はなかったが、己《こ》は「女」ではなく「縫箔師」として、「男」にではなく「袋物師」の雄悟に教えを請いに来ただけだと、今一度気持ちを引き締めてから木戸をくぐる。

「雄悟さん」

「おう、どうした、お咲――さん？」

「筥迫の作り方を教えてもらえませんか？　ちょいと急ぎの仕事が入ったんです」

毅然《きぜん》として戸口で頼み込むと、雄悟はきょとんとしたのちに噴き出した。

「そんな討ち入りみてぇな顔しなくても、もうあんな野暮《やぼ》な真似はしねぇよ。まあ、入《へえ》んな。筥迫は作ったことがねぇのかい？」

草履《ぞうり》を脱《ぬ》いで上がり込むと、咲は巾着から矢立《やたて》と紙を取り出した。

「三つ折りの紙入れは作ったことがあるんですけれど、胴があるような厚めの物や簪挿しが付いた物は初めてで……型をお持ちなら、写させてくれませんか？　芯《しん》や綿の入れ方も、詳しく知りたいんですが……」

「そら構わねぇが、なんなら俺が箱を作ろうか？　表布と、揃いの落とし巾着を用意してくれたら、俺が綺麗に仕上げてやるよ」

「でも、自分で作ってみたいんです。此度は……知り合いの錺師を通して注文がきたんでね。せっかくその錺師さんが、私を見込んで持ってきてくだすった仕事ですから」

修次の名を出さずに応えた咲を、束の間じぃっと見つめて雄悟はにやりとした。

「ははぁ、お前さん、その錺師に気があるんだな？」

「違いますよ。その人はただの職人仲間です」

もう幾度となく口にした台詞《せりふ》ゆえに、よどみなくさらりと応えたものの、雄悟は本気にしなかった。

「そうか、そうか。なんだかんだあったって言ってたもんな。ということ、つまりはそういうこともあったんだな。うんうん、そいつぁよかった、よかった」

「勝手に合点しないでおくんなさい」

「けどよ、たとえ男と女じゃなくっても、お前さんには大事なお人なんだろう？」

「それはまあ、その通りですけれど」

そうとも。

それはほんとのことだ――

思いの外《ほか》すんなり認めた己が何やら愉快で、咲は雄悟より先に笑みを漏らした。

「ははは、それで充分だ。ああ、これで一つすっきりした。俺ばっかり仕合わせじゃあ、なんだか悪《わり》ぃからなぁ」

「うん？　というと、どなたかとご縁があったんですか？」

お師匠さんのつてで、縁談でもきたんだろうか——などと推察しながら問うてみると、
雄悟は今度は苦笑を浮かべた。

「実は、小田原《おだわら》に帰ることにしたんだ」

「えっ？」

「お前さんが言った通り、やっぱりおゆみに未練があるんでな。あのあとちょうど近所の富士講《ふじこう》が近々発《た》つと聞いて、おゆみへの文を託《たく》そうと思ったのさ。恋文ってほどのもんじゃあねぇけどよ。此度はおゆみには何も知らせず国を出たから、卯月に江戸に移ったことと、子供と達者《たっしゃ》に、末永く仕合わせに——なんてことを書いてたら、あっちからの文が届いた」

「えっ？」

「うん、俺も驚いたさ」

再び苦笑を浮かべた雄悟曰く、文はゆみとその父親からで、ゆみの後添《のちぞ》いにならないかという旨《むね》が書かれていた。

どうやらゆみもずっと、少なからず雄悟を想っていたらしい。

夫の死後に、雄悟に告げた言葉に嘘はなかったという。亡夫にはそれなりの情があり、養子は既に我が子のごとく愛していた。その養子にいずれ店を継がせるために、ゆみは雄悟には「嫁入り」できぬ、自分は寡婦《かふ》を貫いて、養子が大人になるまで店を守ろうと考えていた。しかしながら、父親の兄が再び――此度は父親にも断りなく――本店から後夫として奉公人を送ってきたそうである。

「勝手な真似をされて、おゆみはもちろん、親父さんも怒り心頭らしくてな。というのも、親父さんは兄貴とは昔から反《そ》りが合わず、弟の方と仲がよかったのさ。養子を迎えた時も一悶着《ひともんちゃく》あったと聞いた。兄貴からは兄貴の孫を勧《すす》められたが、親父さんは突っぱねて、弟の孫を養子にしたからよ」

好きでもない男を後夫として迎えるくらいなら、勘当を覚悟で家を出ると言うゆみと、兄の思惑《おもわく》通りにはさせぬという父親が折り合って、雄悟に「婿《むこ》入り」を打診《だしん》することになったようだ。

「婿入り……」

「養子がおゆみと――おっかさんと離れたくねぇってんでな」

娘ばかりか、弟の孫までいなくなっては、これ幸いと兄が孫を送ってくるに違いないと、ゆみの父親は懸念したようである。

そうしてゆみは久方ぶりに雄悟のもとを訪れたが、雄悟は江戸に発った後だった。

――縁がなかった――と、ゆみは肩を落としたものの、長屋の者から雄悟の己への想いを聞いて、江戸に文を送ることにしたという。

「でも、雄悟さん……婿入りなんて、いいんですか？　せっかく磨いてきた腕前がもったいないような……」

おずおず問うた咲へ、雄悟はにっこりとした。

「うん。だから養子が一人前になるまで、店の方はおゆみと親父さんに任せることにした。婿には入るが、袋物師は続けてく――それが俺の婿入りの要件だ」

そのことを記した返し文を雄悟は富士講の一行に託し、つい先日、承諾《しょうだく》の文を受け取っていた。

「まあ、そうは言っても、婿入りとなりゃあ、あれこれ向こうさんに合わせた暮らしになって、今ほど自由気ままにゃできねぇだろう。けどなぁ……おゆみの傍《そば》にいられるだけで、俺ぁなんだか、今よりいい物が作れる気がするんだよ」

「まったくもう――早速のお惚気《のろけ》、ご馳走さまです」

咲がくすりとすると、雄悟も照れた笑みを浮かべた。

雄悟を兄弟子の代わりと見込んでいた師匠は、この降って湧いた話に少々落胆したようだ。だが、雄悟の長年の想いを知っているがゆえに、祝福の気持ちが勝ったらしい。

「いやはや、お前さんは絶妙な間で現れたよ。俺ぁ月末にはここを引き払うんだが、兄貴が遺《のこ》した道具や材料は好きにしていいと師匠に言われてる。道具と革はなるたけ持ち帰るつもりだが、残りは他の弟子に譲ろうと思ってんだ。お前さんにもおすそ分けしてやっから、芯やら綿やら持ってきな。確か筥迫の型も二三あった筈……俺ぁいらねぇから、型も持ってってくれていいぜ」

およその作りは型を見て解したが、雄悟と共に、端布《はぎれ》や反故《ほご》を用いて手順やこつを細かく確かめた。

結句、二刻ほど手ほどきを受け、昼を過ぎてから咲は小伝馬町を後にした。

もっと早くに学んどけばよかったよ――

雄悟の朗報も喜ばしいが、いまや筥迫作りに胸が躍《おど》り、足が弾《はず》む。

昼からは守り袋作りに精を出したが、夕刻に針を置いてからは、筥迫の松皮菱に合わせる花の他、玉縁《たまぶち》や飾り房の色などを思い巡らせながら一日を終えた。

――翌朝、修次を待ちながら、多喜はどうしただろうかと考えていた矢先、表から勘吉の声が呼んだ。

「おさきさん、おきゃくさん。おたきさん」

小糸屋の女将には、喜兵衛がいる徳永宅とつなぎ役の修次の長屋の他、咲の長屋も教えていた。もしもつなぎや案内役が入り用なら、女の咲の方が頼みやすいやもしれぬと踏んでのことである。多喜が咲のもとを訪れたのは、まさにそういった理由からだった。

「お話を聞いて、訪ねるなら早い方がいいと思ったのですが、女一人では心細く、女将さんもしばらく大事なお客さまの舟が続くから忙しくて……」

「私でよければ、喜んでご案内しますよ」

「よかった。ありがとう存じます」

多喜が頭を下げたところへ、開けたままの戸口から修次がひょっこり顔を出す。

「おはようさん。爺ぃのとこに行ってきたが、残念ながら、お多喜さんはまだ――ああ、すまねぇ、お客さんか」

「修次さん、この人がそのお多喜さんだよ」

目を丸くした修次と多喜を引き合わせると、咲たちは三人で徳永宅へ向かった。

一刻と経たずに戻って来た修次を見て、千太も目を丸くする。

が、咲と見知らぬ女を認めると、すぐさま合点したようだ。

「もしかして——」

「うん、お多喜さんだ」

咲は喜兵衛と初めて、ようやく顔を合わせた。ひどくやつれているものの、喜兵衛の顔には多喜と似たところが散見される。

親子にも伝わったのだろう。

揃って目を潤《うる》ませ、声を震わせた。

「お多喜……」

「おとっつぁん……」

ひとしきり対面を喜んだ後、多喜は無念を口にした。

「おっかさんはずっと、おとっつぁんは殺されたと思っていたのよ。もう亡くなったそうだけど、私は宗作って人を許せそうにないわ。おっかさんにもおとっつぁんにも、ひどい嘘をついて——どうしてそんなことをしたのかしら？」

「……しかとは判らねぇが、やつは昔から負けず嫌いで、いつも誰かと張り合ってるようなところがあった。きっと胸ん中では、俺のことをずっと見下してきたんだろう」

喜兵衛と徳永、宗作の三人は、手習い指南所で机を並べた幼馴染みだった。喜兵衛の父親は振り売り、徳永の父親は妓楼《ぎろう》の雑用係だったため、煙草屋の「跡取り」の宗作は、二人よりは裕福で、読み書き算盤《そろばん》も得意だった。ただし指南所では「仲良し三人組」だったからか、二人とではなく、他の手習いが得意な者たちと張り合っていたという。

「負けず嫌いさえ除けば、こまごましたことにもよく気が付く、気のいいやつだと思ってたんだ。八年前に、喜久江の文を見つけるまでは……」

和佳に話した通り、喜兵衛は二十五年前、幇間として呼ばれた妓楼で小用に立った折、図《はか》らずも、とあるやくざ者の裏切りを知ってしまった。そのことに気付いたやくざ者に脅され、もしかしたら殺されるやもしれないことを、喜兵衛は宗作に真っ先に打ち明けた。徳永が品川宿を離れてからは、宗作が一番の親友だと思っていたからだ。

「高崎に逃げろと言ったのもあいつだ。身重の喜久江とは別々に、喜久江はお和佳さんにでも頼んだ方がいいと言ったのも……それから高崎の知り合いを教えてくれて、三両も金を持たせてくれた……」

けれども翌年、宗作はわざわざ自ら高崎宿まで出向いて、喜兵衛に喜久江は娘を死産したのちに亡くなったと告げた。喜兵衛は宗作に、喜久江が世話になった和佳への言伝と礼金を託したが、無論、和佳には届いていなかった。

「次の年にはお和佳さんが、その二年後には、俺を脅したやくざ者が死んだと宗作から聞いた。だが、やつの仲間はまだ品川をうろついてっから、今しばらく市中には近付かねぇ方がいいと……やくざ者が死んだのは本当だったが、仲間のこたぁ判らねぇ。俺を市中から遠ざけておくための方便だったやも……どのみち、喜久江がいないんじゃあ帰っても仕方ねぇと思って、俺ぁ結句、七年も高崎にいた……」

逃げ出してから七年後——喜久江が本当に亡くなった翌年——喜兵衛は郷愁《きょうしゅう》に駆られて品川宿へ戻った。宗作に勧められるがままに「喜平」から「喜兵衛」へと名を変えて、宗作の煙草屋で働くようになった。

戻ってすぐに宗作の案内で偽の墓参りを済ませたため、喜久江や和佳の死に嘘があったとは思いも寄らなかった。町も人も七年前とは様変わりしていた。時に古い知り合いと顔を合わせることもあったが、皆、喜兵衛がやくざ者に追われていたことを知っていて、深くかかわることはなかったそうだ。

「今思えば、宗作が町のもんにも何か余計なことを吹き込んでいたんだろうな。喜久江へのお悔やみも幾度か聞いたが、みんなそれとない噂《うわさ》を耳にしていただけで、本当のことを知ってる者はいなかったように思う」

そうして「煙草売りの喜兵衛」として暮らし始めてちょうど十年が過ぎた時、宗作が癪《しゃく》を起こして急逝《きゅうせい》した。

宗作は二十二歳の時に嫁取りをして、三十路の時分——喜兵衛が喜久江と夫婦になった同年に、妻の不義がもとで離縁していた。その前も後も宗作は子供に恵まれなかったため、生前は冗談《じょうだん》交じりに「もしも俺が先に死んだら、店はお前に託す」などと喜兵衛に言っていたが、蓋《ふた》を開けてみれば宗作は借金まみれで、喜兵衛を含めて店者には暇金さえ残らなかった。宗作が大事にしていた文箱《ふばこ》は借金取りが持って行ったが、中の文は屑屋《くずや》に売られるところを、喜兵衛が頼み込んで引き取ったという。

「やつの親兄弟はとうに亡くなってたが、もしも他に親類がいるなら、やつの死を知らせてやろうと思ってな。だが、ほとんどは別れたかみさんからの昔の恋文で、後は俺が高崎から送った文が少しと……喜久江から俺への文があった。高崎にいる俺を案じたものが二通、それから『死んだ』俺に宛《あ》てて書かれた文が――」

最後の文には娘の多喜が無事に生まれたこと、多喜が大きくなったら、高崎宿まで二人で墓参りに行くことが記されていた。

宗作に騙《だま》されていたと知った喜兵衛は深川に向かい、和佳の死まで嘘だったと知った。和佳に訊ねたところ、喜兵衛の死を知った喜久江は、多喜との墓参りが叶《かな》う前に宗作が再び高崎宿へ行くことがあれば、喜兵衛の墓に文を供《そな》えて欲しいと頼んでいたという。

宗作へ強い怒りを覚えて、咲も多喜の隣りで唇を噛んだ。

黙り込んで喜兵衛の話を聞いていた徳永が、おもむろに口を開いた。

「……宗作は心底では、お前を妬《ねた》んでいたんだろう。やつの情の厚さは、妬心《としん》や執着《しゅうちゃく》と背中合わせだったと儂《わし》は思っとる。やつに同情の余地はない。ただ、やつはかみさんに惚《ほ》れ込んでいて、八年も連れ添ったが、ついに子宝には恵まれず、挙げ句かみさんに裏切られた。そういったことも、やつを人でなしにしたんじゃなかろうか。儂もやつに妬まれていたと思しきことがあった。弟子入りや婿入りした時はそうでもなかったが、息子を授かってから九年ほど——息子が死すまで、やつはえらくそっけなかった」

「徳永さんには息子がいたの……?」

おずおず問うた千太へ、徳永は小さく頷いた。

「二十二年前に流行病《はやりやまい》で……九歳で亡くなった。おむめはその前に、二度流産していてな。儂らには最初で最後の子宝だった」

「だから、おれを引き取ってくれたの?」

千太は二年前、九歳の時に徳永に引き取られている。

「そうだな……息子の供養《くよう》を兼ねてはいたが、何より、大事な友に頼まれたからだ」

喜兵衛を見やって、徳永は苦笑を浮かべた。

「まったくお前ときたら……儂らにまでお多喜さんが生きていたことを秘密にしてきたのは、『我が子』の話をすれば、儂やおむめが息子のことを思い出して、悲しむと踏んだからだろう？　それとも儂らも宗作のように、お前を妬むと思ったか？」

「莫迦《ばか》野郎。見損なうな。お前とおむめさんのことはずっと信じてきたさ。宗作のような人でなしは、そういるもんじゃねぇからな……この期《ご》に及んで大人気《おとなげ》ねぇが、お多喜、俺もやつはいまだに許せねぇ。やつをいくら蔑《さげす》んでも、憐《あわ》れんでも、喜久江の方がもっと、ずっと憐れで仕方ねぇ。だからあの世に行った暁《あかつき》には、お前や喜久江の分もやつをとくと締め上げてやる。でもって、うんと自慢してやらぁ。俺にはこんな……お武家に見初《みそ》められるような立派な娘がいるんだってな」

　喜兵衛の言葉に、多喜はようやく顔を和らげてくすりとした。

「いいのよ、おとっつぁん。宗作は大嘘をついた科《とが》で、きっと地獄にいるに違いないもの。それより、極楽でおっかさんと仕合わせに暮らしてちょうだい。私の旦那さまになる人のことも、おっかさんにしっかり伝えてね」

　三年前に多喜が離縁されたのは、子宝に恵まれなかったからだった。ゆえに多喜はもう嫁入りは諦めて、師匠のつてで、抱えの囃子方《はやしがた》を探していた小糸屋で働き始めた。愛嬌があり、給仕の仕事も厭《いと》わぬ多喜は重宝された。そうして昨年の冬に、井上基明《もとあき》に見初められたそうである。妻問いを受けて、多喜は己が石女《うまずめ》だろうことを正直に明かしたが、基明は意に介さなかった。

「お兄さまにもう四人も子供がいるから、私たちは授からなくても構わないって……」

基明は次男で俗にいう冷や飯食いではあるものの、能の囃子方や、笛や鼓《つづみ》の師匠を務《つと》めていて稼《かせ》ぎがそこそこあるらしい。隠居である基明の父親やその妻、当主の兄夫婦もそれぞれ能や音曲に造詣《ぞうけい》が深く、かつ多喜の祖父がかつては士分であったことから、誰も異を唱《とな》えることなく、皐月に妻問いの運びとなったという。

「養女にしてくださる波多野《はたの》家の皆さまも、能や雅楽《ががく》ばかりか俗楽《ぞくがく》もお好きなの。井上家の皆さまもそうだけど、気さくないい方ばかり……昨日おとっつぁんに会いたいと相談した時も、『早く行ってやりなさい』って、一も二もなく諾してくれたのよ」

「そうか……そんなら安心だな」

「ええ、私のことは、なんの心配もいらないわ。それに……おとっつぁんが生きていたことを知らずに亡くなったのはお気の毒だけど、おっかさんの人生はけして憐れではなかったと私は思うの。おっかさん、いろいろあったけれど品川で暮らせてよかったって言ってたわ。大好きな三味を弾いて身を立てて、お和佳さんやおとっつぁんに出会えたから……おっかさん、おとっつぁんのことが本当に好きだったのよ。お祖父さんやお祖《ば》母《あ》さんのことも大好きで、三人のことはよく話して聞かせてくれた……」

多喜は咲の家を訪れるまで筥迫の注文のことを知らなかったが、己が娘であるという証《あかし》を立てるために、喜久江の形見の筥迫を持参していた。

「こんだけ似てりゃあ証はいらねぇが、筥迫を持って来てくれて助かった」と、修次。

四十年ほど前に作られた筈だが、傷《いた》みはまったく見られない。喜兵衛曰く、喜久江は筥迫を分不相応として、結句身につけたのは喜兵衛との祝言での一度きり、普段は仕舞い込んでいて、折々に眺《なが》めて楽しんでいたという。

でもこれは、眺めるだけでも満ち足りる——

びらびら簪は聞いた通り牡丹の意匠の平打で、細い鎖の先には蝶が鎖の数だけ舞っている。筥迫の地の色は縹《はなだ》色で、文様も総じて落ち着いた色合いだ。松皮菱にはところどころ亀甲紋や七宝紋が入っていて、牡丹や桐の花、松の木などの草花紋に彩《いろど》りを添えている。ただし、色柄は手書き染めで刺繡《ししゅう》ではない。

「これは縫箔にしたら、一層華やかになるな」

「うん」

そう咲たちは頷き合ったが、多喜は別の意匠を所望した。

「一から作っていただけるなら、意匠は南天《なんてん》でお願いできないでしょうか？」

「南天？」

「ええ。南天は父と母の想い出の木なんです。そうでしょう、おとっつぁん？　おっかさん、ずっと大事にしていたのよ。おとっつぁんの形見だって……私もずっと、二人の形見だと思って大事にしてきたわ。あの南天、今年も花を咲かせたの。まだ咲いているから、今度一枝持って来るわね」

「そうか……まだ、持っていたのか……」

枝を挿《さ》し木にしたというその南天の鉢は、喜久江が三味線や筥迫と共に、深川に持って行くと言って譲らなかった物の一つだったそうである。

「ありゃあ喜久江と祝言を挙げた正月に、俺が万両《まんりょう》と間違えて買って来たんだ……南天だから魔除《まよ》けにしようと喜久江が言い出して、挿し木にしてみたんだが、初めて花が咲くまで三年半も待った。ちょうど喜久江の悪阻《つわり》が始まった頃だったな……」

「うん、おっかさんからもそう聞いたわ。やっと花が咲いたと思ったら悪阻が始まって、悪阻はつらかったけど、南天の花に慰《なぐさ》められたって……私を身ごもる前に、おっかさん言ったんでしょう？　自分はどうやら石女みたいだから、離縁してくれて構わないって。そしたら、おとっつぁんにこっぴどく叱《しか》られたって言ってたわ」

「たりめぇだ。二年もくどき続けて一緒になった恋女房だぞ。結句お前を授かったこたぁ喜ばしいが、餓鬼《がき》がいようがいまいが、俺はあいつと添い遂《と》げるつもりだった……なのに、こんな始末になっちまってすまねぇな」

「おとっつぁんはなんにも悪くないわ。ううん、一つだけ——もっと早く、生きていることを教えて欲しかった」

「……すまねぇ。お前が離縁された時に一度名乗り出ようと考えたんだが、ちょうどあの頃から、あちこちにがたがきちまってなぁ……」

おそらく稼ぎも減ったため、多喜の足手まといになるまいと——多喜に悪く思われまいと——再び思いとどまったようである。

多喜も気付いたのだろう。目を落とした喜兵衛へ、すぐさま謝った。

「ごめんなさい。今更詮《せん》無いことね……こうして巡り会えただけでもありがたいわ。徳永さんにお目にかかれたことも……徳永さんの櫛は、母の一番のお気に入りでした」

喜兵衛は妻問いの折に徳永の櫛を贈ったそうで、笥迫から取り出されたそれには、笥迫の簪に合わせたと思しき牡丹に蝶の意匠が彫られている。

徳永がくすりとした。

「そりゃ違う。そいつが喜久江さんの一番のお気に入りだったのは、儂が作ったからじゃない。こいつの贈り物だったからだ。あれは儂とこいつがちょうど三十路の時だったから……もう二十八年も前になるんだな。夜のお座敷があるからって、こいつは品川から神田まで、とんぼ返りで注文しに来たんだよ」

「そうだったんですか？」

「ああ。ほんの半刻ほどの間に散々惚気てったもんだから、のちのち何度もおむめとの話の種になったもんだ」

「まあ……一体どんな風に惚気たんですか？」

「よせやい。もう昔のことだ」

「いいじゃないの。私は聞きたいわ」

「俺も」

「私も」

「おれも」

多喜と修次に続いて咲と千太までにんまりすると、喜兵衛は苦虫を嚙み潰したような顔をして——次の瞬間、照れ臭そうにそっぽを向いた。

◎

半刻ほど昔話を聞いたのち、喜兵衛に疲れが見え始め、咲たち三人は暇を告げた。

小糸屋へ一度戻って、また出直すという多喜とは、和泉橋の北の袂で別れた。

「あの子らの稲荷に寄ってかないかい？」

「そうしよう。お礼参りをしなくちゃな」

笑みを交わして橋を南へ渡り、しろとましろの稲荷神社へゆくべく柳原を東へ折れる。

と、新シ橋《あたら》の方から藍《あい》色の塊《かたまり》が二つ、柳原をこちらの方へ折れて来た。

「しろ！」

「ましろ！」

口々に呼ぶと、駆けて来た双子と稲荷神社へ続く小道の前で会した。

「よう、修次、娘は見つかったかい？」

「喜兵衛の娘は見つかったかい？」

口々に問うたが、その顔つきからして首尾を知っているように咲には見える。

「ああ、見つかったさ。お多喜さんってんだ。爺ぃともさっき顔を合わせてよ。爺ぃも滅法《めっぽう》喜んでたさ」

「ふうん、そいつぁよかったな」

「うん、そいつぁめでてぇや」

揃ってにこにこする双子へ、修次も笑みをこぼした。

「だからこうして、お稲荷さんにお礼参りに来たのさ。稲荷大明神さまは五穀豊穣《ごこくほうじょう》、商売繁盛、開運招福、万病平癒などなどの他、縁結びの神さまでもあるからな。此度、お多喜さんが無事に見つかったのは、稲荷大明神さまのご利益に違ぇねぇ」

「うん、そうだ」

「きっと、そうだ」

「稲荷大明神さまは、すごい神さまだからな」

「とってもえらい神さまだからな」

得意げに胸を張ったしろとましろの前でかがんで、修次は二人の頭を両手で撫でた。

「なんだよぅ」

「おいらたち、なんにもしてねぇよぅ」

「そんなこたねぇさ。お前たちも探してくれたじゃねぇか。お前たちだって、お多喜さんが見つかるように稲荷大明神さまに祈ってくれたんだろう？　だからお多喜さんが見つかったのは、お前たちのおかげでもあんのさ。お前たちとお咲さんと……いい友達に恵まれて、俺ぁまったく果報もんだ」

「お、おいらたちも」

「おいらたちも果報者」

「修次と友達」

「咲とも友達」

目を細めて喜んだ二人はお遣いの途中だそうで、稲荷神社には寄らずにそのまま柳原を西へと去って行った。

お礼参りを済ませると、咲たちは早速長屋で筥迫の意匠を話し合った。

申し合わせたように、筥迫の表は「実」ではなく「花」にしようとすぐさま決まる。

実はどうしても冬を思わせるため、身につける季節が限られてくる。赤い実と緑の葉の組み合わせも、色合いがはっきりしている分、人や着物に合わせにくい。何より、喜久江が身ごもるまで、また挿し木が花をつけるまで、共に三年余りを経たことや、喜久江がようやく咲いた花を励みに思っていたことが咲たちの念頭にあった。

南天の蕾《つぼみ》は真っ白で、咲くと黄色い雄しべが現れる。葉はずっと緑色だが、花の頃は季節柄、同じ緑色でもやや明るく柔らかい色合いだ。地の色は銀鼠《ぎんねず》にして、被《かぶ》せには花を多めに、胴の後ろには葉を多めに縫い取ることにする。

「ただし、被せの下は実がいいね。被せを開くと――」

「花から実に――夏から冬になるような？　俺も簪は実を彫りてぇ。お多喜さんももう年増だから、びらびらはない方がいいんじゃねぇか？　ああ、待てよ。まったくねぇのも寂しいからな。びらびらは少なく、短く、三つばかし枝垂《しだ》れる実にしよう。となると、簪は上じゃなくて横に挿してぇな」

「じゃあ、簪は横挿しで……」

「待て待て、それじゃあつまらねぇから上にも挿そう」

「二本も挿したらくどくて、野暮ったいよ」

「うん。だから、上には耳かきはどうだ？　小柄みてぇな、胴に合わせた平たい持ち手の耳かきならいいだろう？」

簪には耳かきを兼ねている物が多いが、修次が言う簪には似つかわしくない。

「そりゃ妙案だけど、耳かきの意匠はどうすんだい？」

「胴に合わせるさ。耳かきはおまけだから、目立たねぇ方がかえって粋《いき》だろ？」

昼餉を挟んでその日のうちに意匠を定めると、翌日からそれぞれ仕事に取りかかる。

南天の名は「南天竺《なんてんじく》」からもたらされたことが所以《ゆえん》らしいが、他にも「難転」――つまり「災い転じて福となす」という意も込められていると、咲は習った。また、赤い色は「厄《やく》除け」や「魔除け」になることから、千両や万両と共に、正月を始めとする慶事に使われたり、「火除け」として玄関前や鬼門に植えられたりすることも多い。

災い転じて福となす……

針に糸を通しながら、咲は喜久江から多喜へと受け継《つ》がれた南天に思いを馳《は》せた。

深川に逃げるように告げられた時も、喜兵衛さんの死を聞いた時も、喜久江さんはおそらく、南天に祈ったことだろう。

お多喜さんもまた、喜久江さんを亡くした時や、離縁を告げられた時にきっと——

喜久江さんは毎年花が咲く度に、喜兵衛さんと夫婦になったこと、お多喜さんを授かったことを喜んだに違いない。そんな喜久江さんや、喜久江さんと苦楽を共にしてきたお和佳さんに育てられたお多喜さんにとっても、南天は喜兵衛さんの形見にして二親の想い出だった……

白い花がやがて赤い実となるように、刺繡の方も実の方は後回しにして、先に被せと胴の後ろ、胴締めと簪挿し、落とし巾着となる布に、白い花と柳茶色を交ぜた緑色の葉を縫うことにする。

筥迫の胴を帯のように巻く胴締めは、被せや胴と色柄を揃えるのに少々苦心した。被せの下になる胴の前は、縁の方の葉を被せに合わせた明るめの色にして、内側に向けて徐々に濃い緑色に、その上に房になった真っ赤で艶《つや》のある実を縫っていく。

玉縁と側面のかがり糸、飾り房は小豆色《あずきいろ》にした。地の銀鼠に合うということの他、小豆もまた「邪気払い」や「魔除け」となるからでもある。被せの裏も小豆色で、同色の糸で松皮菱をさりげなく入れる。

合間に修次が持って来た簪は、円に南天の実を一房置いたような意匠で、葉先と実が少し縁《ふち》からこぼれるようにはみ出している。びらびらは修次が言ったように三つのみで、鎖はうんと短く、長さを三つとも違えてあった。ぶら下がっている実は真ん丸ではないが、綿入れした被せや胴締めのごとく、表も裏も真ん中がかすかにぷっくりしている。

文月《ふづき》は飛ぶように過ぎていった。

十日に枡田屋に行き、守り袋を納めた。隆之介《りゅうのすけ》がおそらく紀乃《きの》と決めた袂落としの意匠を聞いて咲はすぐに暇を告げたが、美弥《みや》はその日のうちに破水して、明け方に男児を産んだ。寿への感謝の念を込めて、また男親の志郎《しろう》から一文字取って、赤子は「寿郎《としろう》」と名付けられた。後日、なかなかの難産だったと寿から聞いたが、咲が訪れた時は母子共に健《すこ》やかで、咲は胸を撫で下ろした。

多喜はあれから、三日にあげず喜兵衛を見舞うようになった。多喜が言った通り、井上家の人々は気さくで情に厚く、基明は徳永宅へ見舞いに現れたばかりか、喜兵衛のために長月《ながつき》に考えていた祝言を一月早めてくれるそうである。

喜兵衛が少しずつ弱っていく傍ら、由蔵は調子を取り戻してきた。

「大分涼《すず》しくなったからな。これでまあ、冬までは平気だろう。暑さの次は、寒さがこたえんだよなぁ……」

おやつのひとときにそう苦笑を漏らしてから、由蔵は切り出した。

「今日はみんなに、折り入って相談があるんだ。保さんとお福久さんとはもう話したんだが、どうやら向かいのきびが身ごもったようでな……それで、生まれたらお福久さんちに一匹引き取ってもらおうと思ってんだ」

「ねこ！」と、勘吉が真っ先に喜んだ。

きびは向かいの長屋で飼われている猫で、勘吉の遊び相手のみつの姉妹だ。福久は一度はみつの飼い主になろうとしたが、みつが今の飼い主を選んだことから諦めた。

由蔵も福久たちに負けず劣《おと》らずの猫好きなのだが、商品の足袋《たび》にいたずらされては困るため、自ら飼うことは躊躇《ためら》ってきた。

「けどよ、もういつ死んでもおかしくねぇと思うと、やっぱり猫と暮らしたくなっちまってなぁ」

「うちもなの」と、福久。「だからうちと由蔵さんとで精一杯お世話をするけれど、こないだみたいに三人して寝込んだ時は、みんなを頼ってもいいかしら？　私たちに、その、お迎えがきた後も……」

「よしてください。縁起でもない」と、咲は思わず口を挟んだ。

「そうよ。縁起でもないわ」

「つるかめつるかめ」

顔をしかめた路を見て勘吉が縁起直しを唱《とな》えたものだから、皆で一斉に破顔する。

「勘吉も一緒にお世話してくれっか？」

「うん！　もちろん、おいらもおせわするさ！」

「そうかそうか。助かるぜ。それからもう一つ……」

皆をぐるりと見回して、由蔵は照れ臭そうに続けた。

「また折を見て、みんなで柳川に行かねぇか？　ほら、前に行ったのが、思いの外楽しかったんでな」

「でも、よしぞうさん。またぐあいがわるくなったらこまるよ。だから、おそばじゃなくて、おいなりさんをいっしょにたべようよ」

微《かす》かに眉をひそめた勘吉の言葉を聞いて、咲はふと思い出した。

もしやお稲荷さんをねだったのは、由蔵さんのためだったのか……

咲が土産にした孫助の稲荷寿司を、由蔵は大喜びで六つも平らげ、柳川へ行った後のように寝込むこともなかった。勘吉は子供なりに由蔵を案じて、蕎麦は駄目でも、稲荷寿司なら力付けになると考えたのではなかろうか。

「ははは、あんときゃ、ちとはしゃぎ過ぎたのよ。みんなと出かけるのが楽しくて、信《しの》太《だ》も旨《うま》くて、勘吉の箸使いにも驚いたんでな。今なら蕎麦を食っても平気の平左だ。ああでも、お稲荷さんもまた一緒に食おう。勘吉もお稲荷さんが大好きだもんな」

「うん、おいら、おいなりさんだいすき。よしぞうさんもだいすき」

「俺も勘吉が大好きさ」

「えへへ……じゃあ、いっしょにいこう。いっしょに、またしのだをたべよう。おいら、いまはもっとおはしがじょうずになったよ」

「ふうん、そいつぁ楽しみだ」

そんなこんなのうちに筥迫を仕上げ、修次に託した翌日の二十六日に、雄悟が長屋へ顔を出した。

「少し早《はえ》ぇが、次の店子《たなこ》も決まったんで、明日発つことにした」

「そうですか。おかげさまで、筥迫は無事に納めることができましたよ」

「なんだ、もう納めちまったのか。残念だ。どんなもんだか見てみたかった。けどまあ、お前さんのことだ。とびっきりのができたんだろうな」

「ええ、我ながら、とびっきりの出来栄えでしたよ」

雄悟は師匠の計らいで、小田原から木象嵌《もくぞうがん》の細工物を仕入れている商人と話がついて、小田原に住みながら、江戸に品物を納められるようになるという。

「それは重畳《ちょうじょう》」

「うん。江戸と取引があるとなりゃあ、ちったぁ箔がつくだろう。ああ、そうだ。もしもまた袋物で困ったことができたら、師匠を頼るといいぜ。師匠もお前さんには一目置いてっからよ。いつでも力になると言ってたさ」

「そりゃ嬉しい——ありがたいお話です」

「じゃあ、他にも回るところがあっからよ。達者でな、お咲さん」

「雄悟さんもお達者で」

慌ただしく去って行く雄悟を戸口で見送ってから、咲は再び仕事に戻る。

隆之介の袂落としや匂い袋を縫ううちに、半月余りがみるみる過ぎた。

そうして十五夜を迎え、福久と勘吉が作った団子で皆と月見の宴《うたげ》を楽しんだ翌朝一番に、千太が長屋を訪ねて来た。


喜兵衛が会いたがっていると聞いて、咲は一も二もなく千太と徳永宅へ向かった。

もう座ることも難しいようで、喜兵衛は横になったまま咲を迎えた。

「呼びつけちまってどうもすまねぇ……お多喜のことでは、本当に世話になった。修次も、俺も……」

「いいえ。お多喜さんのお嫁入り、おめでとうございます」

基明の案で、どうせ早めるなら月見を兼ねようということになったと、筥迫を託した折に修次から聞いていた。

「ありがとうよ。うん、お多喜は昨日、無事に嫁入りしたさ。お咲さんと修次が作った筥迫を懐に挟んでよ」

「喜兵衛さんが贈った筥迫ですよ」

「そうだが、あんなに喜んでくれたのは、お前さんたちのおかげだ。孫助さんも、波多野さまも、実に見事だと感心していた」

昨日、多喜は婚家へ向かう前に徳永宅へ寄ったそうである。今や寝たきりとなった喜兵衛に、一目白無垢《しろむく》姿を見せてやりたいという、井上家と波多野家の計らいだった。

前もってそのことを知った喜兵衛は、修次と孫助にも来てもらい、徳永と千太と併せて五人で花嫁を送り出した。

「俺ぁ孫助さんのこた、お和佳さんが亡くなる少し前に聞いた。あの人は疝気で亡くなったんだが、もう自分が長くないことを知ってたみてぇだ。自分にもしものことがあった時は、孫助さんにお多喜を頼んであると言っていた」

和佳はその時に喜兵衛と孫助を引き合わせたかったようだが、あいにく孫助が風邪で臥《ふ》せっていたため諦めたらしい。和佳は孫助の回復と前後して寝付いて、そのまま亡くなったそうである。

そういえば……と、咲は思い出した。

昨年文月に修次と深川を訪ねた時、孫助の屋台は見当たらなかった。のちに「病で寝込んでた」としろとましろから聞いたものの、「治った」という割に二人とも浮かない顔をしていた。今思えばあれはおそらく、和佳の死と、孫助の悲しみを知っていたからではなかろうか。

「お多喜が言うには、二人は深い仲じゃなかったようだが、互いに想い合っていたそうだ。もしも自分がいなかったら、二人は夫婦になっていたやもしれねぇと……」

孫助は、和佳が深川に越して来た時から見知っていたそうである。ただし当時は和佳が二十三歳、孫助が十歳だったため、和佳への想いは少年の憧憬《どうけい》に過ぎなかったようだ。

「孫助さんの稲荷寿司は、煮売屋を営んでたお和佳さんの直伝だそうだ。お多喜には孫助さんは、叔父貴みてぇな親しいお人だったってんで、亡くなったお和佳さんのためにも、お多喜の嫁入り姿を見て欲しいと思ったのさ」

「それは孫助さんも、さぞ喜んだことでしょう」

喜兵衛の手前、多喜は孫助を「父親」ではなく、「叔父」のような、としたらしい。

多喜の言葉から察するに、和佳にも「その気」があったのだろう。喜久江と同い年の和佳は享年《きようねん》五十八歳だった。若いうちはともかく、四十代も半ばを過ぎれば、十二、三の歳の差など、大したことではないように思われる。

「うん。俺も顔を合わせることができてよかったよ。井上さまや波多野さまもいらっしゃるが、孫助さんはこれからもお多喜の力になると約束してくれた。これで、お多喜はもう案ずるこたねぇ。だがなぁ……」

咲を見上げて、喜兵衛は苦笑を浮かべた。

「修次のことが、ちと心配でな……あいつは餓鬼の頃から生意気で、ませてて、でもってあの面構《つらがま》えだからそこそこ女にもててきた。にもかかわらず、一人の方が気楽でいいと言い張って、ずっと身を固めることなくふらふらしてきたんだが、お咲さんだけは別格みてぇだ。お前さんに出会ってからこのかた、あいつは実に楽しそうでよ……お前さんにその気はねぇようだから、夫婦になってくれとは言わねぇよ。『職人仲間』でいいからよ。あいつのことを頼んでいいかい？」

己をまっすぐ見つめる目は澄《す》んでいて、その分、瞳の奥に、まだ微かに残っている心残りや祈りが見えるようだった。

彼岸《ひがん》を覗き込むがごとく、咲は喜兵衛を見つめ返して微笑んだ。

「もちろんですよ。夫婦の盃《さかずき》はお約束できませんが、修次さんは私にとっても大事なお人です。これからも、お互い切磋《せっさ》琢磨《たくま》して、いい物を作っていきたいですからね。私でよければ、いつだって修次さんの力になりますよ」

「ありがとうよ、お咲さん」

喜兵衛が目を細めると、傍らの千太や徳永も頬を緩めた。

「これで安心だ。いやはや、あいつとは三十一年も歳が離れてっからよ。初めて出会った時からあいつは俺を爺ぃと呼んできたが、俺ぁ密かにあいつを息子みてぇに思ってきた。お多喜が生きていたと知ってからは、いずれ二人が一緒になってくれたら――なんて夢見たこともあったさ。だが結句、修次がお咲さんと出会ってよかった。徳に千太を引き合わせることができたのも、もとはといえば二人のおかげだもんなぁ……」

もとはといえば、しろとましろのおかげだけれど――

そう胸中でつぶやくも、咲は打ち消すように頭を振った。

「でも、私と修次さんが出会うことができたのは、喜兵衛さんが修次さんの作りかけの簪を、勝手に小間物屋に売ってしまったからでもあるかと……結句、巡り巡って、みんなどこかで縁結びをしているのやもしれません」

「そんなこともあったなぁ……ははは、あんときゃ修次にこっぴどく叱られたが、今となってはそれもいい想い出だ……」

徳永へ目をやって、喜兵衛は更に微笑んだ。

「徳……おめぇは身体を大事にな。千太のためにも長生きしろよ」


四日後の葉月二十日、咲は日本橋へ出かけた。

桝田屋では、生まれてまだ一月余りの寿郎をひととき愛《め》でた。

桜の意匠の袂落としは十日前に既に納めてあり、届けに行った寿曰く、隆之介は出来をこれでもかと褒《ほ》めそやしたそうで、今日は手間賃《てまちん》と心付をたっぷり受け取った。

瑞香堂は一月ぶりだった。筥迫や袂落としを作るのに、匂い袋が後回しになっていたため、持参した三つの匂い袋は聡一郎と伊麻に大層喜ばれた。伊麻は嫁入りしてまだ三月ほどだが、もうすっかり店に馴染んでいる。

伊麻としばしおしゃべりを楽しんでから瑞香堂を後にすると、通町の店を覗きつつ家路をたどる。

日本橋を北へ渡って、越後屋《えちごや》の賑《にぎ》わいを横目に歩いて行くと、松葉屋《まつばや》のいつもの縁台に修次がいた。

松葉屋は茶屋だが酒も置いている。まだ昼にもならない時刻だが、修次の折敷《おしき》には徳利《とつくり》と猪口《ちょこ》が載っていた。

「よう、お咲さん」

仕上がった袂落としを見せに行って以来、十日余り修次とは顔を合わせていなかった。

「待っていたんだ。ここで待ってりゃ、桝田屋帰りのお咲さんに会えると思ってよ。あいつらほどお見通しじゃねぇが、俺の勘も捨てたもんじゃねぇ」

「そうみたいだね」

折敷を挟んで、咲は修次の隣りに座った。

「お美弥さんはもう床上《とこあ》げしたかい？」

「うん。十日にはもうしていたよ。店にはまだ出てないけどね」

「子供の名は寿郎だったたな。お寿さんと志郎さんから一文字ずつもらってよ」

「うん。女だったらお寿さんとお美弥さんから一文字ずつで、『寿美《としみ》』にするつもりだったそうだよ」

「そうか、寿美もいい名前だな。――由蔵さんの具合はどうだい？」

「この一月ほどは、まずまずいつも通りに過ごしているよ。この調子で冬も難なく越せるといいんだけどね」

「そうだなぁ……俺が言うのもなんだが、大事にしてやってくれ」

しみじみ言うと、修次は手酌《てじゃく》で徳利から酒を注ぎ、一息に猪口を空《から》にした。

「……どうかしたのかい？」

問うた途端に答えを知った。

「まあな……爺ぃが逝《い》っちまった」

「いつ？」

「三日前、お多喜さんが見舞いに来ている間にうとうとし始めて、いつの間にやら息を引き取ってた」

咲が徳永宅を訪ねた翌日だ。

「そんなら、苦しまずに逝ったんだね」

「うん、死に顔も安らかだった。おととい、野辺《のべ》送りも済ませたさ」

「そうかい……」

一緒に送りたかったと思う反面、修次はおそらく己に弱みを――つらい顔や、もしかしたら泣き顔を――見せたくなかっただろうと思い巡らせる。

「あんたも、その、お亡くなりになった時、一緒だったのかい？」

「ああ、俺もちょうど蜂蜜《はちみつ》を届けに行ってたてよ」

「咳が出ていてつらそうだったものね。喜兵衛さん、喜んだだろう？」

「まあな。だが蜂蜜なんざより、お多喜さんの方がよほど力付けになったさ。爺ぃのやつ、お多喜さんが見舞いに来た途端、にこにこ、でれでれ、嬉しそうだった」

「そりゃそうさ。口ではなんだかんだ言ってもさ、やっぱり会いたかったんだよ」

「うん……お多喜さんが見つかってよかったよ。なんだかんだ、ほんとの家族にゃ敵《かな》わねぇからな」

自嘲《じちょう》に似た修次の笑みに胸が締め付けられて、咲は思わず言い返した。

「なんだいそりゃ？」

孫助には「友人」だと告げたものの、兄を亡くしてからの修次には、喜兵衛は友でありながら、時に父親のような存在だったに違いない。

喜兵衛さんだって、あんたを息子のように思ってきたってのに……

「ほんとの家族ってなんなのさ？　血のつながりだけが家族じゃないよ。夫婦がいい例さ。夫婦じゃなくたって、たとえば徳永さんと千太、お美弥さんとお寿さんは、もうほんとの家族といっていいんじゃないのかい？　そもそも血がつながっていたって、犬猿の仲の親兄弟だっているんだから……」

慰めるつもりで口にした言葉を咲は濁した。

雄悟の台詞が頭をよぎる。

──俺ばっかり仕合わせじゃあ、なんだか悪《わり》ぃからなぁ──

二親は早くに亡くしたが、咲にはまだ弟妹がいる。それどころか、弟妹が共に伴侶《はんりょ》を得た今、新たに「身内」ができた。

前の長屋ではそうでもなかったが、今の長屋は皆、仲が良い。親兄弟ほどではないもののの、親類のごとき、「一家」と呼んで差し支えない絆を感じる。

また、勘吉が由蔵を祖父のごとく慕《した》っているように、咲も師匠の三四郎《さんしろう》──三代目弥四郎──を父親のごとく慕っている。三四郎への思いは、実の父親への思いとはまた違ったものだ。だが父親の元一《もといち》は咲が七歳の時に亡くなっているため、その記憶はそう多くない。対して、もう十八年もの付き合いになる三四郎は、記憶の中のみとなった元一よりもいまや親しみがあり、頼りにもなる。

修次さんはどうなんだろう……？

修次も二親を早くに亡くしている。銀細工は兄の鍛冶場で独学したようで、修次から師匠の名は聞いたことがない。いつぞや根津《ねづ》権現《ごんげん》で見かけた居職の仲間や、粋人《すいじん》の歳永《としなが》など友人知人は少なからずいるようだが、喜兵衛ほど長い付き合いで、家族のごとく親しい者はいないように思われる。

黙り込んだ咲を、眩《まぶ》しそうに見つめて修次は口を開いた。

「お咲さん、よかったらあいつらの稲荷に行かねぇか？　なんなら、その足で昼餉も一緒にどうだ？」

「いいね。そうしよう」

折敷に酒代を置いた修次に促され、咲たちは通町の東側を左右に折れながら、柳原のしろとましろの稲荷神社へ向かった。

「なぁ、もしもあいつらと出会っても、爺ぃが死んだことは黙っていてくれ。あいつらのことだから、お見通しやもしれねぇけどよ。余計な気を遣わせたくねぇ」

裏を返せば、余計な気を遣われたくないのだと解して、咲は頷いた。

「判ったよ」

道中や稲荷神社でも、双子の姿は見なかった。

「出かけてんのかな？　それとも、ここで大人しくしてんのか……」

つぶやきつつ神狐の顔を覗き込む修次へ、咲はくすりとした。

「もしもそうだとしたら、私らがあの子らの正体を知っているって、たった今ばれちまったね」

「おっといけねぇ。あいつらとはこれからも末永く、仲良くしていきてぇからな」

お咲さんとも――

そんな言外の声を聞いた気がしてはっとすると、修次も顔を上げて咲を見つめた。

「お咲さん」

「……なんだい？」

いつになく真剣な修次の眼差《まなざ》しに、咲の返答は僅《わず》かに遅れた。

が、修次は口をつぐんだまましばし躊躇い、やがておもむろに苦笑を浮かべて小さく頭を振った。

「なんだってのさ？」

「うん……悪《わり》ぃが、筥迫代はしばらく貸しにしといてくんな」

売れっ子の修次はもともと、咲ほど金に頓着《とんちゃく》していない。その上、此度は多喜の捜索や、喜兵衛の薬や差し入れで有り金を使い果たしてしまったようで、筥迫代は今のところ貸しになっている。

「なんだ。そのことなら、年越しまでにって決めたじゃないか。それとも、年越しまでも難しいのかい？」

「まさか。もう一月もありゃあ、耳を揃えて渡せる見込みだ」

「そんなら、何も改めて言わなくたって……」

ぶつくさつぶやくことで、咲は胸中の狼狽《ろうばい》を隠した。

筥迫代云々《うんぬん》は方便で、本当は妻問いだった気がしてならない。

すんでに呑《の》み込んだのは、借りがあるからか、同情を嫌ったからか。

けれども、これでよかった……

此度は諾していたやもしれない、と咲は思った。

ただし、同情半分で――

ゆえに修次が思いとどまったなら、互いにとってそれは正しいことだったのだと、咲は己に言い聞かせた。

足音が聞こえて、咲と修次は揃って小道を振り向いた。

「やあやあ、二人お揃いだ」

「咲と修次がお揃いだ」

「おう、お前たちも二人お揃いか」

「たりめぇさ」

「あたぼうよ」

「おいらたちは仲良しだからな」

「いつだって、仲良しだからな」

咲たちへ胸を張ってから、双子は互いを見やって微笑み合った。

「ははは、二人とも相変わらずで何よりだ」

「……修次はどうでぇ？」

「……修次はどうなんでぇ？」

どうやらしろとましろは、喜兵衛の死を既に「お見通し」のようだ。言葉遣いは伝法でも、修次への気遣いがありありと窺《うかが》える。

「俺も相変わらずさ」と、修次は微笑んだ。「昨日はまずまず仕事をしたからな。今朝はのんびり起き出して、松葉屋でお咲さんを待ちながら一杯引っかけてきた。どうでぇ、悪かねぇだろう？」

「うん、悪かねぇ」

「ちっとも悪かねぇ」

二人が大きく頷く傍ら、修次の腹が小さく鳴った。

「ははは、朝から酒しか腹に入れてねぇからな……」

修次は苦笑を漏らしたが、双子は顔を見合わせて咲たちに背中を向けた。

腰から守り袋を外してしばし内緒話をしたのち、鳥居の向こうから咲を手招く。

「咲、こっち来て」

「ちょっと、こっち来て」

「修次は駄目」

「修次はそこで待つ」

「なんでぇ、俺だけ仲間外れかよ……」

少しかがんで鳥居をくぐると、しろとましろが左右から咲の袖を引いた。

二人の顔の高さまで更にかがむと、双子は修次に見えぬよう手を差し出して囁《ささや》いた。

「こいつで修次に馳走してやってくれ」

「力付けに、お稲荷さんか信太でも食わせてやってくれ」

二人の手には四文銭が三枚ずつ載っている。

稲荷寿司は一つ四文、信太蕎麦は十六文だ。併せて二十四文しかないとなると、三人分にはどうも足りないことから、双子は金を咲に託して同行しないつもりらしい。

「あんたたち……」

こちらも囁き声で返しつつ、咲は二人の手に一つずつ触れて金を握らせた。

「修次さんの分はあんたたちが馳走しな。けれども、あんたたちの分は私に馳走させとくれ。さっき心付をたっぷりもらったばかりだからさ。それにあんたたちが一緒の方が、修次さんには、お稲荷さんよりも信太よりも力付けになるだろうよ」

再び顔を見合わせて、双子は揃って目を細めた。

「咲がそう言うなら合点だ」

「咲がそう言うなら承知した」

いそいそと金を守り袋に再び仕舞うと、しろとましろは咲の後ろの修次を見やる。

「おい、修次。昼餉に行くぞ」

「おいらたちが、馳走するぞ」

「うん？」

戸惑う修次へ、しろとましろはえらそうにふんぞり返った。

「信太がいいか？　お稲荷さんか？」

「どっちでもいいぞ。ただし、お稲荷さんなら六つまでだぞ」

咲も振り向いて微笑むと、修次はおよその次第を察したようだ。

咲と双子の顔を見回して、照れ臭そうに笑みを浮かべる。

「――ありがてぇ。今、ちょいと手元不如意《ふにょい》だからよ。俺はどっちでもいいぜ。お前たちやお咲さんと一緒なら、何を食っても旨いからな」

そうだよ。

喜兵衛さんは逝ってしまったけれど、あんたにはしろとましろがいる。

私もいる。

口にするには気恥ずかしいが、思いは伝わったのか、修次の笑みが更に広がる。

そんな修次をよそに、しろとましろはひそひそと、今度は咲たちにも聞こえる声で話し合う。

「信太は柳川で決まりだけど」

「お稲荷さんなら胡桃屋だな」

「柳川か、胡桃屋か」

「胡桃屋か、柳川か」

眉根を寄せて悩む双子へくすりとしながら、咲は二人を鳥居の方へ促した。

「まあ、まずはお参りを済ませちまおうよ」

「そ、そうだな。まずはお参りだ」

「う、うん、昼餉の前にお参りだ」

再び鳥居をくぐると、咲は双子を間に挟んで修次と見交わした。

二礼二拍手ののち、じっと手を合わせて咲は祈った。

修次さんと、しろとましろ。

この三人との、またとないご縁に感謝いたします。

どうかみんな末永く、達者で暮らせますように――

手を開いて一礼すると、しろとましろが口々につぶやいた。

「胡桃屋……」

「今日は胡桃屋……」

――お告げでもあったんだろうか？

どちらからともなく咲と修次は再び見交わして、次の瞬間、同時に噴き出した。

本書は、ハルキ文庫（時代小説文庫）の書き下ろし作品です。

時代小説文庫
ち2-20

南《なん》天《てん》の花《はな》 神田職人《かんだしょくにん》えにし譚《たん》

著者 知野《ちの》みさき
2025年2月18日第一刷発行
2025年3月8日第二刷発行

発行者 角川春樹

発行所 株式会社角川春樹事務所
〒102-0074 東京都千代田区九段南2-1-30 イタリア文化会館

電話 03(3263)5247[編集] 03(3263)5881[営業]

印刷・製本 中央精版印刷株式会社

フォーマット・デザイン＆シンボルマーク 芦澤泰偉

ISBN978-4-7584-4695-2 C0193

http://www.kadokawaharuki.co.jp/[営業]
fanmail@kadokawaharuki.co.jp[編集] ご意見・ご感想をお寄せください。

知野みさきの本

飛燕の簪
神田職人えにし譚

財布や煙草入れなど、身につける小物に刺繡と金銀の箔をあわせて模様を入れる、縫箔師の咲。両親を亡くし、弟妹の親代わりとなって一生懸命に腕を磨いてきた。ある日立ち寄った日本橋の小間物屋で、咲はきれいな飛燕の簪に魅了される。気になって再び店を訪れると、その簪を手掛けたという錺師の修次と出会った……。咲が施す刺繡が人々の縁をやさしく紡ぎます――江戸のお仕事人情小説開幕！

知野みさきの本

妻紅
神田職人えにし譚

縫箔師の咲は、小間物屋に納める財布を仕上げ、贔屓にしている蕎麦屋に行った。そこで見れば、店前でやつれた女が中へ入るのを躊躇っている。声をかけると逃げてしまったが、咲は女が傷んだ守り袋を大事そうに手にしていたのが気にかかった。守り袋とは、親が子の無事を祈って持たせるもの。そして後日、咲がまた蕎麦屋を訪れると——。一針一針祈りを込めて、一生懸命に縁を紡ぐ咲の想いが心に沁みる、傑作人情時代小説第二巻。

知野みさきの本

松葉の想い出
神田職人えにし譚

同じ長屋に住む幸が昨日から帰って来ない。心配になった縫箔師の咲は幸が働いている茶屋へ出向くと、母親の具合が悪く、実方に戻っているので店を休んでいるという話を女将から聞いた。しかも実方は日本橋にある乾物屋だという。しかし幸は親兄弟も親類もみな亡くし、身寄りはいないはず……。そんな折、幸の姉と名乗る女が長屋に現れ——。人々に温もりや安らぎを、との願いを込めて絆を結ぶ、傑作人情時代小説シリーズ第三巻。

知野みさきの本

獅子の寝床
神田職人えにし譚

深川に住む紅屋の女将・牡丹から、煙草入れを縫箔師の咲に、煙管と金具を錺師の修次にそれぞれ作ってほしいとの依頼が来た。同じ小間物を扱い、切磋琢磨しながら互いを高め合う職人同士の二人は、共に仕事をすることに。一方で弟の太一が今度の藪入りの際に、祝言を挙げることになっており、咲は温かい家族の幸せを感じていた。そんな折、咲の後をつける不審な男が――。傑作人情時代小説シリーズ第四巻。

知野みさきの本

瑞香
神田職人えにし譚

縫箔師の咲は注文を受けていた匂い袋を納めるため、日本橋にある香木屋・瑞香堂へ向かう。沈丁花を模した意匠の匂い袋は店主からとても気に入られ、咲は安堵した。帰り際、偶然にも別の店で依頼を受けている伊麻と会い、話をしていると、九之助という客が近づいて来た。その姿を見てあからさまに笑みを消す伊麻。そして九之助は咲にむかって突然「化け狐」ではないかと言い出して⁉　傑作人情時代小説のシリーズ第五巻。